Surprise !

Collection
Œuvres au rouge

Thierry Samitier

Surprise !

Postface de Sophie Crétet

éditions f deville

Quand maman était malheureuse, elle tondait la pelouse.
Mais la pelouse n'était jamais assez grande pour éponger sa peine.

Les auditions

Lieu : Théâtre Henri II

Personnages :
Jack Hallyson : le metteur en scène
Raymond Rotrou : le producteur
Didier Corner : l'acteur-cycliste principal
Les actrices

Je sais bien que je ne suis pas à ma place dans cette audition, mais j'avais déjà cette impression dans la cour de récréation. Je n'étais ni dans la bande à Thibaut, ni dans la bande à Baron. J'étais le cheveu sur la soupe. Qu'elle soit aux asperges, aux champignons, au potiron, si vous y voyez un cheveu, c'est moi.

Le cheveu sur la soupe souffre d'un doute existentiel pathologique qui se traduit par une difficulté chronique à prendre sa place dans l'espace social. Il baigne – au bord de l'assiette – dans une forme d'interdit inconscient de se positionner crânement au milieu des vermicelles.

C'est pas non plus le bagne : je fais passer des auditions à des comédiennes pour une pièce dont je serai un personnage central. Dans l'ombre, le crâne du producteur et la moumoute du metteur en scène émergent des rangées de fauteuils vides comme deux taupes échevelées dans un champ de pommes de terre.

La première actrice me semble légèrement usée pour un rôle d'hôtesse de l'air, mais je comprends rapidement que c'est une amie du producteur. Elle est spontanée, confiante, mince, blonde, encore très vivante, enfin bref, elle a tout pour être l'amie d'un producteur à moitié mort.

Elle monte sur scène où je l'attends, me claque une bise de cousin à cousine, exprimant l'exaltation de se retrouver après cinq années d'absence. Je lui demande son prénom. Je dis le mien : « Samy ». Elle pouffe et me répond : « Je sais. »

Jack Hallyson, notre metteur en scène, doit trouver une hôtesse de l'air allemande, une américaine, une française et une bonne. Pour dénicher l'hôtesse allemande, il a choisi de tester les actrices sur la scène 3 de l'acte II.

Dans cette scène, je suis caché par le journal que je lis allongé sur un canapé blanc cassé. Greta me prend pour Bernard, elle s'approche à pas de loup pour me faire la surprise, m'arrache le journal et me roule une pelle :

– Greta : Oh, mon chéri adoré !
– Robert (moi) : Je veux bien, mais !
– Greta : Monsieur, excusez-moi !
– Robert : Il n'y a pas de mal, au contraire !

À la fin, Hallyson donne une explication improbable et justifiée (il n'y a que lui dans le métier qui sait faire ça) afin de lui signifier pudiquement qu'elle joue comme une directrice commerciale qui aurait choisi « théâtre » à la place de « yoga » le mercredi soir.

La cinquième actrice rentre sur scène dans une aura de lumière argentée. Avant l'audition proprement dite, tous ses gestes sont justes sans être larges, son allure est pudique et naturelle à la fois. Son port de tête laisse penser qu'elle aurait pu être danseuse. Grande, brune, élancée, entière et magnifique parce que connectée.

Elle me salue dans une présence authentique qui n'a rien à prouver à personne. J'apprendrai plus tard qu'effectivement, elle a été danseuse dans une comédie musicale mise en scène par Jack Hallyson : la taupe dont la moumoute émerge du champ de pommes de terre.

Malheureusement pour elle, le rôle sera finalement attribué à la femme du tourneur : Pauline Lagalle, qui a ce petit truc en plus, particulier et presque indéfinissable : c'est la femme du tourneur (producteur désigné pour faire tourner la pièce en province).

En bon cheveu sur la soupe, je suis toujours le dernier à être informé des ragots, mais si le talent primait le relationnel, je serais quand même au courant.

En fin de journée, les deux taupes échevelées se livreront à un débriefing technique des cinquante comédiennes auditionnées pour choisir, après une évaluation-data quasi scientifique : Jenny Hallyson, la femme du metteur en scène, Pauline Lagalle, la femme du tourneur, et Louise Virole, la pote désignée de l'acteur qui partagera l'affiche avec moi.

– Rotrou (producteur) : Jenny est au-dessus.
– Hallyson (metteur en scène) : Oui, elle est bien.
– Corner (ex-cycliste) : Elle est au-dessus.
– Rotrou : Non, elle est bien.
– Hallyson : Oui, elle est bien.
– Moi : Ben ouais, c'est ta femme !

Jack Hallyson – qui m'a proposé la pièce un mois auparavant – n'a pas vraiment d'âge. Sa moumoute et ses liftings portent l'évaluation temporelle dans une échelle se situant entre cinquante et quatre-vingt-dix ans. Cette approximation est également adaptable à sa personnalité. Sa spontanéité et son sourire angélique peuvent dissimuler l'innocence authentique d'un cœur d'enfant ou l'ambition meurtrière d'un vrai salopard.

C'est dans cet espace incertain et totalement ouvert que je fais mes premiers pas sans vraiment les calculer. J'ai pris le parti de ne plus rien calculer depuis ma relation fondatrice avec Sri Nisargadatta, maître spirituel indien, qui m'a proposé un jour de laisser la vie faire ce qu'elle voulait de ma vie.

– Moi : Tu veux faire quoi de moi ?
– La vie : T'occupe.
– Moi : Allez, donne-moi un indice !
– La vie : Lâche-moi !

Pourtant, sans calculer, sans penser, je rentre chez moi légèrement dérangé. J'ai auditionné cinquante comédiennes, certaines sont venues de Strasbourg, de Marseille, elles ont appris leur texte, elles ont payé leur billet de train, elles ont voulu, espéré, attendu… alors que les dés étaient pipés d'avance.

Cette circonstance constituait la première anicroche à l'*a priori* ultrapositif que j'avais depuis le premier coup de fil du metteur en scène. La partialité des épreuves m'envoyait sur une terre instable et étrangère, non pas que je ne comprenne pas leurs choix, mais je ne comprenais pas la manière : pourquoi organiser des auditions qui n'ont pas lieu d'être ? Cette opacité me perturbait. Choisir sa belle-sœur pour jouer la bonne, je comprends. Mais faire passer l'audition à douze comédiennes pour finalement choisir sa belle-sœur, cela me propulse dans les sables mouvants du Mont-Saint-Michel. Ça n'enlève rien à la beauté du lieu, de la faune, de la flore. Mais je sais que des touristes s'y sont enlisés jusqu'au sommet du crâne en admirant ce vestige classé au patrimoine mondial de l'UNESCO.

Sur mon scooter – entre Bastille et gare de Lyon –, je gamberge. Pour être honnête, je gamberge jusqu'à la porte de Bercy. Sur le périf, j'évite. Je sais que 80 % des personnes prenant le périf à 18 h 30 sont bipolaires, névrosées, alcooliques, voire complètement défoncées. En scooter, tu joues ta vie dix fois par jour. La liberté, tu l'as choisie, et tu es prêt à payer le prix. Mais si tu peux éviter de passer à la caisse, c'est mieux.

De la difficulté d'apprendre mon texte

Lieu : Chez Samy

Sitôt chez moi, je jette mon casque, je balance mes pompes, je jette une pub pour des sushis, une autre pour des pizzas, une autre pour des massages chinois à 40 euros. 30 euros si on te masse juste les pieds. Je fais un calcul rapide : ça fait 10 euros pour l'ensemble du corps sans les pieds. Et je me dis qu'avoir eu une mère institutrice m'encombre encore.

J'apprends la pièce en enregistrant les répliques des autres acteurs sur mon iPhone 6 tout en laissant des silences pour mon personnage.

En dépit de cette technique dévastatrice – que je vais prochainement déposer au comité scientifique des inventions audiovisuelles –, j'ai du mal à imprimer.

Je rentre dans mon bain, je lance le dictaphone :

– Greta (le dictaphone) : Oh, mon chéri adoré !
– Robert (moi dans mon bain) : Pff ?

Je sors du bain, j'enroule une serviette autour de ma taille. Je vais chercher le scénario sur mon lit. Je cherche la page. Je lis :

– Greta : Oh, mon chéri adoré !
– Moi : Moi, je veux bien, mais…

Je retourne dans la salle de bain, j'enlève la serviette, je rentre dans le bain, je lance le dictaphone :

– Greta (le dictaphone) : Oh, mon chéri adoré !
– Robert (moi) : Moi, je veux bien, mais…
– Greta : Monsieur, excusez-moi !
– Robert : Glou glou glou ?

Je sors du bain, j'enroule une serviette autour de ma taille. Je vais chercher le scénario sur mon lit. Je cherche la page. Je lis :

– Greta : Monsieur, excusez-moi !
– Moi : Non, y a pas de mal, au contraire !

Je retourne dans la salle de bain, j'enlève la serviette, je rentre dans le bain, je lance le dictaphone.

– Greta : Oh, mon chéri adoré !
– Robert : Moi, je veux bien, mais…
– Greta : Monsieur, excusez-moi !
– Moi : Glou glou glou ?

Eh merde ! Je prends la bouteille de shampoing Mixa bébé (j'ai jamais vraiment changé de shampoing ni d'after-shave depuis ma petite enfance). De rage, je me verse la moitié de la bouteille sur la tête. Demain, je ne saurai pas mon texte, mais j'aurai les cheveux propres.

Premières répétitions : pelleteuses et trous de mémoire

Lieu : Théâtre Henri II
Personnages :
Jack Hallyson : le metteur en scène
Raymond Rotrou : le producteur
Louise Virole : l'actrice qui joue la bonne

Le lendemain, à 14 heures pétantes, je me lance dans la première répétition – texte en main – après avoir expliqué qu'un accident de la route a endeuillé ma famille et que je n'ai pas eu le temps d'apprendre au cordeau, ce qui me déchire : j'adore le cordeau.

Le metteur en scène me console : « Tant pis pour le cordeau, il faut que tu encaisses ce deuil. »

J'explique que ce n'est pas vraiment un deuil, que le mort a encore des chances de s'en sortir, mais que c'est quand même un accident grave qui a ébranlé ma concentration.

Jack Hallyson est vaguement surpris :

– Ha bon, il n'est pas mort ?
– Si. Mais il a des chances de s'en remettre.
– Ha ?
– Mm.
– Tu apprends ton texte pour demain ?
– Au cordeau. J'apprends toute la pièce.
– Non, on fait juste l'acte I.
– Je m'en fous, j'apprends tout.

Le lendemain, je plie la deuxième répétition – texte en main – après avoir expliqué que mon beau-frère est conducteur de travaux et qu'il a pris une pelleteuse dans la gueule sur un chantier à Saint-Ouen. Je sors mon portable, je vais sur YouTube et je montre au metteur en scène des accidents de pelleteuse, afin qu'il prenne conscience de l'horreur du travail de chantier et que nous réalisions la chance que nous avons de gagner notre vie loin des tractopelles. En même temps, je rassure le boss :

– Mais pas d'inquiétude, il a juste une bosse.

– Ha ?
– Mm.
– Tu apprends ton texte pour demain ?
– Au cordeau. J'apprends toute la pièce.
– Non, on fait juste l'acte I.
– Je m'en fous, j'apprends tout.

Le lendemain, je démarre la troisième répétition… texte en main. Louise Virole – qui joue la bonne – me demande :

– Tu ne sais toujours pas ton texte ?
– Si, je le sais au cordeau.
– Alors pourquoi tu l'as à la main ?
– C'est comme quand tu viens d'apprendre à nager.
– ???????
– Tu préfères aller là où t'as encore pied.
– ???????

Louise Virole, la soixantaine énergique et bienveillante, petite maigre aux joues creuses, incarne le personnage de la bonne avec une générosité rappelant les comédiennes d'*Au théâtre ce soir* qui « envoyaient du jeu », comme on dit avec gourmandise après un match Toulon-Stade français. La boniche acariâtre, aigre, dotée d'un bon sens aigu pouvant devenir un véritable boulet dans les situations alambiquées.

En coulisses, sa douceur et son humanité tranchent complètement avec le personnage strident qu'elle impose sur scène du haut de ses quarante ans de carrière.

Enfin bon, ça commence un peu à sentir le roussi. Les morts, les pelleteuses, la natation, ça va un moment, mais tu ne peux pas finir le mois avec. À un moment, il faut trouver autre chose.

Raymond Rotrou, notre producteur, est content parce qu'on va repeindre les plafonds du théâtre. Je lui réponds que c'est une idée géniale, en pariant que cette exclamation de joie lui fera oublier que je ne sais toujours pas la première page. Je rajoute :

– Ils vont repeindre en noir ?

– Oui.

– Ho ! Ma couleur préférée !!!

Raymond Rotrou est certainement le premier producteur à m'inspirer une confiance absolue, sans savoir vraiment si cela vient de son âge (70 passés), de ses poignées de main sincères, de la douceur de sa maturité ou de son côté vieille-France-Audiard-à-casquette. Les producteurs que j'ai croisés auparavant disposaient d'une capacité de séduction croisée avec un tempérament commercial laissant peu de place à l'espoir d'une collaboration honnête et franche.

Attention, ma réticence à apprendre ce texte ne veut pas dire que je prends le projet par-dessus la jambe. Je me lance dans la pièce comme un taureau camarguais dans l'arène andalouse.

J'ai une chance foudroyante de vivre de ma crétinerie enfantine. De toute façon, je ne sais pas faire autre chose. J'excelle dans les rôles de con probablement du fait d'une intelligence hors norme qui m'octroie des facultés translucides de décryptage psychomoteur me permettant de façon holographique de reproduire au geste près dans un naturel époustouflant la matrice dynamique de… et puis merde, j'arrive pas à finir ma phrase !

En tout cas, j'ai de la chance et je ne l'oublie jamais.

Mais le théâtre de boulevard pur et dur s'apparente à un art nouveau : il me faut un temps d'incubation. Mon inconscient doit sûrement bloquer mon disque dur, réduisant ma capacité de stockage à un gigaoctet. C'est-à-dire juste de quoi mémoriser la première phrase de la pièce : « Ha ha ha, surprise !!! »

Ça, je le fais super bien. J'adore mon entrée. J'ai hâte de la partager avec le public. Le bouseux angélique rentre en pleine lumière, pétri de naïveté terroir, de tendresse choucrouteuse, d'innocence provinciale. Le public sait immédiatement qu'il va décapsuler la bourgeoisie parisienne bienséante, qu'il va mettre les pieds dans le plat, et la tête, et la tête, et le bec, et le bec, haaaaaaa ! Alouette… J'adore mon personnage. C'est le rôle rêvé pour un cheveu sur la soupe : il n'a même pas besoin de coiffeur, il n'a même pas besoin de jouer. Le personnage, c'est lui ; c'est moi. Le public va jubiler, je le sais, sa respiration va changer exactement à ce moment-là, c'est un bonheur sans nom, un amour sans limites, un partage orgasmique fou beau intense fulgurant qui transforme mon attente en rendez-vous amoureux.

On n'en est pas encore là ! Les excuses bidon, les accidents de la route, le beau-frère à Saint-Ouen, j'ai épuisé mes cartouches. La prochaine fois, il faudra que ça rentre dans ma tête, ou que je sorte du projet. Il n'y aura pas d'alternative.

Le théâtre, la caissière et moi

Lieu : Hall du Théâtre Henri II

Personnages :
Jacky : la caissière
Les actrices

Je rentre chaque jour dans ce théâtre délabré comme on rentre à l'école, habité d'un sentiment de sécurité accessoire : j'ai un emploi stable et rémunéré, ce qui n'a pas toujours été le cas dans mes tribulations artistiques.

Jacky, la caissière, petite dame un peu fripée mais encore jolie, aux cheveux grisonnants, probablement ex-baba cool introvertie aux blessures apparentes et à la timidité souscrite, est la seule personne qui me rassure vraiment dans le théâtre.

– Bonjour.
– Bonjour.
– Ça va ?
– Ça va. Et toi, ça va ?
– Oui, moi ça va.

Bien que nous ne nous soyons jamais parlé – deux introvertis peuvent avoir du mal à se rencontrer –, sa présence devient une eau fraîche. C'est la seule personne qui ne me semble pas avoir un besoin avide de reconnaissance, ce besoin avide qui vous rend vide. Elle est juste là pour faire son travail sans rien attendre de personne, sans avoir besoin d'exister, sans avoir besoin d'applaudissements ni de rappel à la fin du boulot. Le besoin d'exister est une fioriture égotique puisque quoi qu'il en soit, on existe. Son regard est simple et tourmenté, mais sans filtre et sans stratégie. Un regard qui ne s'accroche pas à des opinions, à des certitudes, à une image :

– Bonjour
– Tu l'as déjà dit.
– Ha bon ?
– Oui.
– Pardon.

Parfois, j'ai pratiquement besoin de la voir, alors qu'on se dit simplement « bonjour » sans jamais rajouter un mot. Juste un sourire de circonstance, et encore, un sourire vague et anecdotique puisque rien n'est obligé ou forcé.

C'est la seule personne qui ne pourrait jamais me faire de mal et c'est la seule personne qui ne m'en a jamais fait.

Il me manque quelque chose : un boulon, une case, une clef de douze, pour rentrer dans la mécanique de la troupe. C'est une infirmité, une blessure, une pathologie. Concrètement, je n'arrive pas à m'esbaudir collectivement parce que mon costume correspond parfaitement au personnage. Je ne me pardonne pas ce manque de spontanéité, de simplicité, d'ouverture. Les autres sont beaucoup plus naturels, immédiats, vrais… ou moins timides, tout simplement :

– Houa, Samy ! Alors ça, c'est un vrai costume de bouseux ! T'as vu ça, Pauline ?
– Carrément ! Le costume à carreaux de mec de…
– De Clermont-Ferrant, ha ha ha ha !
– Non, je suis de Morteaux.

Je n'y parviens pas. Et je ne peux pas faire autrement. Socialement, je suis un cassos. Pourtant, je suis joueur, je pourrais essayer de tricher, de m'esbaudir, de hurler pour finir dans une jacasserie de trois plombes sur la cohérence provinciale costard/personnage.

J'y arrive pas !

J'ai du mal avec les groupes. Je n'ai jamais pu vraiment rencontrer, partager, échanger en groupe. Dans l'âme, je ne suis ni chef ni sous-chef. Je suis un témoin. J'ai parfois l'impression d'être le témoin de moi-même. Que ce personnage timide et maladroit que ma mère a mis au monde est un personnage de jeu vidéo formaté par un conditionnement social et affectif qui n'a rien à voir avec le vent qui souffle derrière.

L'accolade à Marie Crotton

Lieu : Garage extérieur Vélib'

Personnages :
Marie Crotton : l'actrice qui joue l'hôtesse américaine
Jack Hallyson : le metteur en scène

Je finis la quatrième répétition, subjugué par le jeu de l'hôtesse américaine, ce qui est relativement cohérent puisque Marie Crotton n'est ni la femme du metteur en scène, ni la femme du tourneur, ni la pote du comédien-ex-cycliste. C'est la seule actrice légitime de la troupe, et ça se voit.

Grande élancée aux yeux clairs, Marie Crotton rappelle vaguement Isabelle Adjani par sa fragilité, son physique et ses yeux bleu piscine. Extrêmement professionnelle, sa diction, son personnage, sa sincérité sont travaillés, c'est-à-dire, dans le jargon professionnel : « en place ».

En disant « subjugué », j'exagère ; mais contrairement aux autres, elle tient son rôle avec justesse, sans surjeu, tout en apportant ce doigt de plaisir inhérent à la comédie, tout ceci avec l'accent anglais exigé par la mise en scène. Maintenir la justesse et la fluidité en juxtaposant un accent étranger est un exercice d'acteur. Je suis heureux, parce que je me dis que ça va jouer. On va s'amuser, non pas dans la gaudriole et l'exubérance, mais dans le décalage aérien propre à l'humour que je préfère.

– Janet : Est-ce que vous avez déjà embrassé une femme américaine ?
– Robert (moi) : Non, non, à Morteau, l'occasion ne s'est pas présentée…
– Janet : C'est dommage.
– Robert : Ah bon, pourquoi ?

C'est complètement moi. Ce personnage, c'est moi. Cette niaiserie déplacée, c'est moi. Cette crédulité immature, c'est moi. Je me délecte de ce personnage qui me ressemble et je sais que je vais rire de lui avec le public ; ça va être jouissif, je le sens, je le renifle. J'ai un fou rire systématique sur chaque réplique. Crotton, elle, ne lâche pas son personnage d'une semelle. Après la répétition, elle est en train d'essayer de décrocher un Vélib', avenue de l'Opéra, je lui fais une accolade spontanée pour la féliciter : « Tu as été top ! »… qu'elle repousse immédiatement d'un grand coup d'épaule.

Je vis ce rejet dans une totale incompréhension, car il est réprimé comme s'il avait l'intention de nuire. C'est comme si elle m'empêchait de la féliciter, de lui dire que c'était jubilatoire de jouer en face de sa justesse, de son plaisir, de son troisième degré.

Il s'agit d'un refoulement du même ordre qu'une main que tu tendrais pour reconnaître, et qu'on te refuserait en t'accusant d'avoir osé. Je vis ce que vit mon personnage tout au long de la pièce : je tombe du ciel.

Je fais défiler ma vie pour essayer de comprendre : 1. Mon passé de joueur de rugby qui me fait exulter après un essai, et qui se révèle inadapté au contexte théâtral. 2. Elle se prend pour Romy Schneider, et je n'ai pas su garder la distance inhérente à son statut. 3. Mon enfance avec mes deux sœurs qui conditionne un comportement inadapté. 4. La vibration parisienne qui codifie les relations dans une nomenclature américaine où la distance réglementaire doit éveiller une vigilance qui chez moi est totalement endormie.

En arrivant à la répétition du lendemain, je ne salue pas Marie Crotton. Non par revanche, mais je suis bloqué.

Je ne sais pas si je dois m'excuser, l'ignorer, me pendre, me dissoudre dans un baril d'acide chlorhydrique.

Bon, d'accord, j'en rajoute un poil, mais j'ai tout de même la sensation d'avoir commis un meurtre, un acte irréparable, d'avoir défenestré un enfant qu'on me donnait à garder. Je suis moins qu'une merde puisque la merde est nécessaire à l'évacuation des déchets humains. Moi, je ne suis nécessaire à rien.

– Les autres : Tu ne sers à rien !
– Moi : Pardon !
– Les autres : Et en plus il s'excuse !!!

– Moi : J'ai pas fait exprès de m'excuser !

Cette fragilité humaine vient se greffer sur ma fragilité mémorielle liée aux pelleteuses et me déconnecte subtilement du groupe. En vérité, c'est mon doute qui me déconnecte. Je me déconnecte moi-même. Je le sais. Enfin non, je ne sais pas.

J'ai l'impression que chaque regard me hurle :

– Les regards : Samy, tu es vraiment le roi des salopards !
– Moi : Oui !
– Les regards : Tu es allé féliciter Marie Crotton dans une accolade disgracieuse relevant d'une goujaterie moyenâgeuse et immature qui t'aurait valu la roue à cette époque bénie.
– Moi : Oui !

Je rappelle que le supplice de la roue était – avant 1789 – l'ancêtre de la guillotine, qui consistait à briser les membres inférieurs et supérieurs des fauteurs de troubles et à les attacher à une roue en place publique. L'agonie pouvait durer quinze jours. La réal TV n'existant pas à l'époque, les instincts voyeuristes avaient pour catalyseur ce type de mise à mort qui avait l'avantage de ne pas soumettre le spectateur à la taxe audiovisuelle.

Mais le supplice de la roue est un doux euphémisme comparé à ce qui m'attend à la cinquième répétition, puisque Jack Hallyson axe toute la répète sur la scène du baiser :

– Janet : Est-ce que vous avez déjà embrassé une femme américaine ?
– Robert (moi) : Non, non, à Morteau, l'occasion ne s'est pas présentée…

Le metteur en scène pète un câble :

– Samy, s'il te plaît… sans ton texte.
– Non, c'est parce que la pelleteuse à mon…
– Non, écoute, franchement, tes pelleteuses, elles commencent à me…
– Pardon.
– La première, c'est dans une semaine !
– Déjà !

– Ben oui. Donc là, ça urge. Demain, tu sais ton texte.
– Ben oui, j'allais le dire.
– Non, mais je m'en fous que tu le dises. Maintenant, tu le fais. D'accord ?
– Au temps pour moi.

« Au temps pour moi » est l'expression la plus quiche de la langue française. Je l'ai apprise au service militaire. C'était l'allocution favorite d'un caporal-chef qui avait oublié qu'on vendait des cerveaux chez Carrefour.

– Le metteur en scène : On la refait ?
– Moi : Gne.
– Janet : Est-ce que vous avez déjà embrassé une femme américaine ?
– Robert (moi) : Non, non, à Morteau, l'occasion ne s'est pas présentée !
– Janet : C'est dommage.
– Robert : Ah bon, pourquoi ?

Splash ! Elle me balance sur le canapé, se jette sur moi et m'embrasse, alors qu'elle a sûrement envie de m'enfoncer un pic à glace dans l'œil droit comme dans *Basic Instinct*.

Avec Mireille, mon ex-collègue de plateau, on aurait fini morts de rire dans une situation comme ça, on aurait inventé une chorégraphie débile pour faire croire que… On aurait rajouté des *slurps*, des *smacs*, on aurait accéléré la respiration jusqu'à la passion extrême, on aurait aggravé notre cas avec des *mouimmchhhh*.

Mais bon, Marie Crotton, elle joue juste, et c'est ça, l'important.

Je jure sur la tête de ma mère.

Je jure sur la tête du président de la République.

Je jure sur la tête de mon beau-frère.

Demain, je sais mon texte !

Première représentation

Lieu : Théâtre Henri II

Personnage :
Didier Corner : l'acteur-cycliste

La première représentation est explosive dès la deuxième scène de l'acte I : la salle frémit, exulte, hurle de rire. J'exulte moi-même de participer à ce bonheur collectif, de faire partie de cette bande, de cette danse.

C'est un orchestre dont le chef est le public. Il nous autorise à tout lâcher, à tout donner. Il est là pour ça, mais ce soir-là, il nous le montre, il nous le crie. Nous pouvons tout donner, nous pouvons nous donner. Il en veut encore, toujours. Nous rentrons en coulisses dans une énergie de collégiens survoltés, heureux de partir en vacances. J'exulte de joie auprès de Didier Corner, mon partenaire principal :

– Moi : C'était trop bien !!!
– Didier : …

– Moi : Non ?
– Didier : Mm.

Dans ma tête, j'échafaude toutes les hypothèses pour comprendre la distance que Corner impose à notre connexion : j'ai mis trop de temps à apprendre mon texte ? À la fin de la représentation, je suis légèrement plus applaudi que lui, pourtant, c'est lui la vedette. Mais ça ne peut pas être ça ! Ce serait trop con ! Dans une équipe, s'il y a la moindre rivalité, tu ne peux pas gagner. Or, c'est un ancien sportif de haut niveau, ce n'est donc pas possible !

De mon côté, je suis persuadé qu'une connivence est possible : Didier Corner irradie une naïveté joueuse et enfantine qui peut aisément se connecter à la mienne. La réussite dans un sport d'équipe exige un esprit collectif considérant l'autre comme un allié, un complice.

La cinquantaine entière, généreuse, ouverte, il a toutes les qualités pour devenir le partenaire de jeu rêvé pour le pitre que je suis.

– Moi : Tu m'en veux d'un truc ?
– Corner : Gne.

Sur scène, Didier met la patate, comme on dit dans le jargon agricole des sportifs de haut pavot.

– Bernard (Corner) : Ce soir, c'est Greta qui sera là ! L'Allemagne atterrit à 19 h 30.
– Berthe (la bonne) : Alors pour ce soir, choucroute et saucisses de Francfort !

Il articule, il gesticule, il se donne totalement dans un registre boulevard légèrement formaté. C'est son rêve d'enfant d'être acteur, et son perfectionnisme le pousse dans un excès de jeu qui probablement le rassure. Ce que j'essaye de faire à la fin de la représentation :

– Moi : Tu étais vraiment top !
– Corner : ?
– Moi : Si, vraiment, je t'assure.

À l'image du grand sportif qu'il était, il met peut-être la barre trop haut pour un travail d'acteur qu'il connaît depuis trois ans à peine. Après trois ans de métier, un chaudronnier ne peut pas construire la tour Eiffel. Et s'il la construit, moi, j'évite de monter dessus. Je lui dis qu'elle est super jolie pour ne pas le blesser et je vais visiter l'Arc de triomphe. Mais je suis respectueux de son investissement, de son engagement à donner le maximum. Je suis admiratif.

J'ai toujours admiré les comédiens avec qui je jouais parce que c'est un métier qui relève du suicide.

Mon infirmité de n'avoir pas eu de frère me confine souvent à de vains espoirs de fraternité échevelée et enfantine. Dans ce rêve, nous sommes deux quinquas complices et immatures proches de la retraite, retrouvant leur folie impubère pour le bonheur du public. Grand pataud réservé, je n'ai pas trouvé l'écoute ? La douceur ? La finesse ? Je n'ai pas trouvé le chemin qui mène à la connivence.

Il y a tellement de monde à la sortie du théâtre pour nous féliciter, pour des *selfies*, des mots, des pots, que j'oublie de lui dire « À demain ». C'est la réflexion que je me fais en montant sur mon scooter : « J'ai oublié de lui dire "À demain". »

Je rencontre mon agent

Lieu : Pub anglais

Personnage :
Valérie Courtqueue : l'agent artistique de Marie Crotton

À l'issue de la deuxième représentation, un pot est organisé dans l'abreuvoir anglais jouxtant notre usine à gaz. Une salade blonde, frisée, douce – 50 feuilles environ – m'approche afin de me faire des compliments sans vinaigre, mais avec des petits oignons :

– J'adore votre folie sur scène.
– Merciche.
– Vous avez un vrai personnage.
– Merciche.
– Vraiment ! Très bel univers. Vous êtes un grand taré.
– Merciche.
– Vraiment.
– Vous êtes quiche ?
– Je suis l'agent de Marie Crotton.
– Ha oui ! L'agent artistique ?

En même temps, l'agent de police, ça aurait été bizarre. Je suis tellement coincé, maladroit que dans une discussion, je dis des trucs pour dire des trucs. Pourtant, je sais bien qu'en communication, les mots sont un doux prétexte. Bien sûr, il faut en dire. Mais quand tu dis « je t'aime », la plupart du temps, tu l'as déjà dit avant de le prononcer. La salade se montre curieuse de mon pedigree :

– Vous avez un agent ?
– De police ?
– Non, artistique.
– Non. J'en ai pas.
– Ha ?
– Gzz.
– Et vous n'en voulez pas ?
– Quoi ?
– Ben… d'agent.
– Ben… si.
– Enchantée ! Je m'appelle Valérie Courtqueue !

Valérie Courtqueue deviendra mon agent après que j'aie demandé l'avis de Marie Crotton qui me la conseille violemment. Valérie est une salade éveillée – jolie chicorée intériorisée –, sûrement un bouddha sur la cheminée – sa vibration m'indique secrètement une démarche holistique ou spirituelle sans qu'elle ait besoin de m'expliquer précisément s'il s'agit de yoga, de méditation ou de haricots en purée. Toutefois, ce côté haricots en purée laisse entrevoir une fragilité à la lisière de la faiblesse, élément que la vie me confirmera plus tard.

Valérie Courtqueue partage son agence avec Jean-Louis Leveau, un cheese-cake d'une propreté extrême qui astique le matin chacun de ses 1 436 cheveux à la brosse à reluire. Homme honnête, carré, intelligent et sans caractère, ayant passé vingt ans de sa vie dans les studios d'Hollywood ou les bodegas de Barcelone. Je ne me souviens plus très bien. Je me souviens juste que c'est vingt ans :

– Cheese-cake : J'ai passé vingt ans à Hollywood.
– Moi : Le chewing-gum ?
– Cheese-cake : Non, les studios.

– Moi : Je me disais : vingt ans dans un chewing-gum, c'est long !

(Ne voyez aucune méchanceté dans le « sans caractère ». Le caractère est produit à partir de ce que nous faisons de nos blessures en alchimie secrète avec notre relation avec la mort. C'est la friction de ces deux pierres qui crée l'étincelle… ou pas. J'ai vu des caractères puissants et parfumés se cacher derrière des douceurs exquises.)

Leveau a le chic pour faire rentrer dans son agence des actrices d'une beauté submergeante et d'un vide illimité. Enfin, bref, il a tout pour réussir.

En tout cas, j'ai un agent.

Les réseaux sociaux confirment

Lieu : Chez Samy

Sur les sites de billetterie, les critiques sont dithyrambiques sur le jeu de Virole et sur le mien. Je suis toujours partagé sur le fait de placer le public dans une posture de juge. J'apparente le travail de l'acteur et le regard du public à un acte d'amour. Et l'amour, ça ne se juge pas.

Les réseaux sociaux font de nous des juges permanents du travail des autres : les acteurs, les restaurateurs, les hôtels, les mécaniciens, et maintenant les médecins, les aides-soignantes, voire les pompiers et les maîtres-nageurs sauveteurs. Dans quelques mois, nous pourrons peut-être lire sur incendietripadvior.com : « Ce pompier est très bien mais il ne monte pas assez vite sur l'échelle. » Ou bien : « Il a mis une heure pour éteindre un feu de voiture, donc vous imaginez un HLM ! »

Corner et les hôtesses méritent également la reconnaissance et la gloire. Ils tiennent leur rôle comme des piliers de rugby dont le travail de fond est indispensable à la victoire. J'ai presque envie – incognito – de me rendre sur les sites de billetterie afin d'écrire des critiques en leur faveur pour équilibrer l'ensemble :

« Bravo à cette troupe de choc. Pièce très drôle, mention particulière pour les hôtesses et pour Didier Corner qui sont les vraies poutres et qui permettent aux solistes de s'exprimer pleinement. Les stars, c'est eux. »

Ou bien…

« Corner reste le personnage principal et maintient l'édifice avec un aplomb probant et crédible. »

Corner est un homme équilibré, à qui l'adverbe « vraiment » suivi de l'adjectif « sympa » convient précisément. Un ancien maillot jaune n'a plus rien à prouver à personne, cette absence totale de prétention le rend spontané et attachant. C'est aussi ce qui lui vaut cette décontraction naturelle : sport, cuir motard, baskets blanches, jeans savamment râpé en Inde par des enfants qui mourront prématurément d'infection pulmonaire.

Lorsqu'il s'approche de vous, l'acteur-cycliste est jovial, souriant, son humour est rarement méchant :

– He ! T'es comme le roi Dagobert !
– Pourquoi ?
– T'as mis ton pull à l'envers ! Ha ha ha !
– Hi hi hi !

Son humeur potache et tendre me renvoie à la cour de récréation, loin des stratégies et calculs de l'univers adulte, dans cet espace qui ne connaît pas encore l'anticipation et la peur.

J'ai joué au rugby toute mon adolescence à une époque où les téléphones portables n'existaient pas. Les voyages du dimanche matin en bus pour affronter une équipe de l'autre côté de l'Île-de-France nous valaient des crises de rire, des chansons, des hurlements de joie saoulant le chauffeur qui finissait carbonisé par notre énergie, notre hystérie collective, nos hennissements de bonheur. C'est ce parfum particulier que je retrouve près d'un sportif de haut niveau qui n'a pas l'air de se prendre au sérieux.

Cet esprit mi-potache, mi-grivois qui accompagnait joyeusement nos voyages en bus, je le retrouve dans le petit italien où nous dînons entre les deux représentations du samedi et où Corner nous conte sa vie amoureuse à Los Angeles. Moi, je garde la posture tourmentée mon adolescence : je suis heureux d'être là, et en même temps je ne suis pas là. Je suis simplement un témoin amusé, content de baigner dans cette énergie, tout en m'en retirant furtivement.

Lorsque Corner raconte joyeusement ses ébats amoureux à L.A., je suis à Châteauroux. En fait, je ne suis pas là. Le souvenir de ma visite de Châteauroux a laissé en moi des traces indélébiles et poétiques mais je n'ai pas le cœur à raconter mes exploits à l'hôtel Terminus (en face de la gare SNCF). L'église de Châteauroux, la boulangerie de Châteauroux, ces souvenirs évanescents sont gravés au plus profond de mon corps et la troupe le sent. Ils ont senti que j'étais à Châteauroux ! Quand on me demande :

– Tu passes le pain ?
– …
– Hou hou ! T'es où ?
– À Châteauroux.
– Qu'est-ce qu'il dit ?
– Il est à Châteauroux.

C'est peut-être à cause de ça que tout a pété. Le cycliste a probablement dû se dire : « Attends, je raconte ma vie sexuelle à Los Angeles, et lui, il est à Châteauroux !!! », ça a dû le tuer. Tout est ma faute. Les actrices ont dû être indignées. Elles se sont dit : « Il faut trouver le moyen de le détruire ! Qu'il rentre à Châteauroux ! » J'aurais dû me concentrer sur Los Angeles, sur la pièce, sur ma pizza aux truffes, sur n'importe quoi, mais pas sur Châteauroux !

Depuis l'école, j'ai du mal à cacher mes absences : quand je ne suis pas à Los Angeles, ça se voit tout de suite. Je le paie cash. J'ai créé malgré moi la faille promettant le précipice.

Mon agent devient l'agent de Didier Corner

Lieu : Café Le Select

Personnages :
Cheese-cake : l'agent de Samy et de Marie Crotton
Hot-dog : un producteur de fiction pour la TV
Didier Corner : l'acteur-cycliste principal
Marie Crotton : l'actrice qui joue l'hôtesse américaine
Louise Virole : l'actrice qui joue la bonne

Ce samedi-là, mon cheese-cake est dans la salle, il a fait son boulot d'agent artistique. Je prends soin de le souligner : c'est rare qu'un agent fasse autre chose qu'empocher 10 %. Il a réussi à traîner au théâtre un hot-dog grisonnant et jovial produisant des fictions dans une boîte pour laquelle j'ai été auteur dans une vie précédente.

Hot-dog nous a fait l'honneur de venir prendre un pot après le spectacle. Il y a donc : Marie Crotton, son agent : Cheese-cake, Virole, Hot-dog, Corner et moi.

Hot-dog semble fasciné par le jeu scénique de Corner sur scène :

– Hot-dog : Vous avez une belle énergie !
– Corner : Merci.
– Hot-dog : Vous faites toujours du sport ?
– Corner : Tous les jours. J'ai un coach privé. Aujourd'hui, on a travaillé les cuisses.
– Moi : Moi, j'ai fait les pecs.
– Hot-dog : ?
– Corner : ?
– Moi : Je le dis, parce que ça ne se voit pas encore.

C'est vrai. Je suis obligé de préciser que je fais des pompes depuis vingt ans parce que les résultats mettent du temps à se manifester. Je ne peux pas prendre l'excuse de mon gros pull d'hiver parce que l'été, torse nu, c'est encore moins évident. Hot-dog est sur Corner :

– Hot-dog : Ça vous dirait de tourner dans une fiction ?
– Corner : Bien sûr ! À fond !

– Hot-dog : On est sur un nouveau projet.
– Moi : Vous n'auriez pas besoin d'un Stallone, par hasard ?

Je dis ça, mais je suis vraiment content pour lui. J'ai tourné pendant cinq ans dans un programme populaire, et je souhaite à tous les acteurs de vivre cette expérience. Secrètement, j'ai plutôt envie de long-métrage, de cinéma, de la liberté qu'il procure, de l'espace qu'il promet.

Subjugué par l'admiration de Hot-dog, Cheese-cake propose à Corner de venir dans son poulailler :

– Cheese-cake : Ça vous dit de venir dans mon poulailler ?
– Corner : Cot cot ?
– Cheese-cake : C'est sûr ! Vous aurez la cote !

Corner rentre dans l'agence et j'en suis heureux. On commence à former une équipe. Le métier est aride : réseaux, bandes, familles plus ou moins fermées. La perspective de constituer une équipe autour de cette pièce, cette troupe, cet agent devient euphorisante.

J'ai peut-être une famille.

Marie Crotton : T'as mis la langue

Lieu : Coulisses du Théâtre Henri II

Personnages :
Didier Corner : l'acteur-cycliste principal
Jack Hallyson : le metteur en scène
Marie Crotton : l'actrice qui joue l'hôtesse de l'air américaine
Les autres actrices : Virole, Lagalle

Une nouvelle infortune – plus tragique, celle-là – vient préparer ma tombe et me promettre une fin cataclysmique.

C'est la quinzième représentation, celle du samedi. On fait salle comble. Au restaurant, Corner a raconté Los Angeles et moi j'ai pris une calzone. Elle était un peu froide, le public est chaud-bouillant. Acte II, scène 3 :

– Janet : Est-ce que vous avez déjà embrassé une femme américaine ?
– Robert (moi) : Non, non, à Morteau, l'occasion ne s'est pas présentée !
– Janet : C'est dommage.

– Robert : Ah bon, pourquoi ?

Et paf ! Elle me bascule sur le canapé pour me rouler une pelle. Stooooop ! Double information :

1) Marie Crotton ne me roule pas une pelle. Elle fait semblant. Elle met sa bouche à côté de ma bouche, faisant mine de m'embrasser puisqu'elle est dos au public. Je précise que le soir de la première, Jack Hallyson descend en trombe dans les loges :

– Jack : Marie, tu roules vraiment une pelle à Samy !
– Crotton : ?
– Moi : Non, l'important, c'est que le public y croie.
– Jack : Justement, on n'y croit pas !
– Moi : Si !
– Jack : Non !

2) Les trois hôtesses ont des perruques énormes, noire, grise et blanche, puisque Jack Hallyson a eu l'idée transcendante de jouer la pièce en noir et blanc !

Ce soir-là, Marie Crotton m'envoie une touffe de son énorme perruque dans l'œil droit, je l'évite en tournant très légèrement la tête, sur la gauche, nos lèvres s'effleurent à peine. Houaaa ! Qu'ai-je fait !!! En sortant de scène à la fin de la pièce, elle m'envoie, devant tous les acteurs :

– Crotton : Tu as mis ta langue dans ma bouche.
– Moi : ?
– Corner : ?
– Virole : ?
– Lagalle : ?
– Moi : Ha... ha ouais ?

Silence général. Je suis en apnée. Publiquement humilié. Terrorisé. Je joue au théâtre depuis vingt-cinq ans, je n'ai jamais pris un coup de poignard comme celui-là. L'équipe est pantoise, stupeur générale. Je voudrais crier, pleurer, appeler ma mère, demander qu'on m'achève à coup de hache, la troupe qui déjà me considérait comme un OVNI : objet volant non identifié, va rajouter un D comme dégueulasse, un E comme enfoiré, un F comme foireux, un G comme *jé* vé té découpé en *londelles* dé *soucissonnes*.

– Corner : Fais gaffe ! Je suis parrain d'une association pour le respect des femmes !
– Moi : !
– Virole : !
– Lagalle : !
– Moi : Ha… ha ouais ?

Visiblement, c'est l'occasion pour Corner d'arborer son armure de Bittanicus, chevalier blanc pourfendeur de salopards. Prenant la défense de la femme humiliée par la gente dépravée qu'il est de bon ton de punir en ces temps de terreur.

Je tombe du 72e étage pour 72 raisons :

La première, c'est qu'il ne prenne pas soin de me parler entre hommes et qu'il étale sa bravoure au prix de mon humiliation. Je ne parviens pas à comprendre qu'on puisse dissocier le respect des femmes du respect de la vie, du respect des autres, du respect tout court.

La seconde relève d'un sentiment étrange : lorsque j'écoutais cet homme égrainer ses conquêtes à L.A. (durant mon voyage à Châteauroux), je voyais bien qu'on n'avait pas la même pudeur, le même regard sur les femmes, mais de là à brandir l'étendard sanglant élevé !

La troisième, j'en parlerai plus tard.

Les 69 autres sont un long préliminaire à ma descente aux enfers.

Je rentre dans ma loge complètement sonné par la violence de la scène. Je me démaquille terrorisé, absent. Je n'ose pas sortir de ma loge. J'attends que le théâtre soit vide. Je vais vers mon scooter sans savoir où je vais. Je prends l'avenue de l'Opéra parce que c'est celle que je prends tous les jours. L'ange de la Bastille déchire le ciel noir : « T'as mis la langue ! » Je vois un feu passer au vert. Puis au rouge. Puis au vert. J'entends un klaxon derrière moi. Je démarre. L'horloge gare de Lyon : « Fais gaffe ! Je suis parrain d'une association pour le respect des femmes. » « 23 h 30 ! » J'enfile le périph. Je sais que 80 % des personnes prenant le périf à 18 h 30 sont bipolaires, névrosées, alcooliques, voire totalement défoncées. Mais là, ça va, puisqu'il est 23 h 30. J'appuie sur une télécommande. La porte du garage s'ouvre de bas en haut. Une lumière s'allume automatiquement. « T'as mis la langue. » Je glisse ma clef dans la serrure. Chez moi, ça sent le chez-moi. J'allume la lumière. C'est bien chez moi. Le chauve brandit son doigt : « Fais gaffe ! Je suis parrain d'une association pour le respect des femmes. » « Pitié, Monsieur Corner ! » Je pose mon sac. Je vais dans la salle de bain. Je prends ma brosse à dents, du dentifrice. Je mets la brosse à dents dans ma bouche. « T'as mis la langue. » « Où ça ? » Je me brosse les dents. Je pense à mon père : « Fais gaffe ! Je suis parrain d'une associa… » « Haaaaa ! Ta gueule ! » C'est une pensée.

Et je me dis ceci : « C'est une pensée. »

Je suis presque sauvé.

Mais mon corps se souvient.

Louise Virole : On fait de la merde !

Lieu : Théâtre Henri II

Personnages :
Louise Virole : l'actrice qui joue la bonne
Jack Hallyson : le metteur en scène
Raymond Rotrou : le producteur
Les autres acteurs

Le lendemain, je reviens au théâtre, brisé. Je salue la caissière, brisé. J'enfile mon costume, brisé. J'attends mon entrée, brisé. Deuxième sonnerie. Je rentre en scène, heureux.

– Moi : Ha ha ha ! Surprise !

Je suis devenu le roi en un claquement de doigts. Enfin lui, mon personnage : Robert, un petit provincial bouseux et décalé. Je lui offre les planches, l'espace, Paris, pour s'éclater. Il est plouc, il est dingue, et il aime ça. Lui, on lui dirait : « T'as mis la langue », il exploserait de rire. Il répondrait une phrase du style : « Tant que c'est la langue, ça va ! » Il ne pourrait même pas finir sa phrase tellement il hurlerait de rire. Dans sa candeur, il est intouchable, hermétique à tout jugement, libre du regard des autres, de toute culpabilité.

Je découvre sa sagesse et l'origine de sa joie : il est dans une acceptation totale de tout ce qui lui arrive. Être satisfait peut avoir une connotation égotique et péjorative. Je découvre avec lui qu'en vérité, c'est le contraire. Il est satisfait de ce qu'il a, de ce qu'il est, et c'est une clef d'or pour vivre pleinement et de manière inspirée. Il n'en veut pas à lui-même, donc il n'en veut à personne. Et même si on le salissait, il aimerait ça, il rirait, il ne comprendrait pas. Il n'a pas d'ego. Son ego, c'est moi. Je le lâche autant que je peux. Je perds le contrôle de son jeu. Pourtant, à la fin du deuxième acte, un événement va le ramener à moi.

Alors que Crotton me balance sur le sofa, j'entends un grondement en coulisses.

J'avais un *a priori* heureux sur Louise Virole – la protégée du maillot jaune.

D'abord parce que j'adore dire aux dames de 60 ans qu'on leur en donne 17.

Ensuite parce que c'est spécifiquement une actrice de boulevard dans sa générosité, son plaisir, son énergie. Au rugby, ça correspond au 2e ligne qui prend la balle, qui perfore tout droit, sans se poser de question et dont on sait qu'on peut compter sur lui, ça va faire des dégâts dans la défense adverse. Jamais il ne lâchera le ballon, quoi qu'il arrive. Le style de joueur dont tu dis : « Je préfère le voir chez moi que chez l'adversaire. » C'est fiable, c'est huilé. C'est la poutre qui permet à mon personnage d'asseoir sa liberté. C'est le *la* profond de la contrebasse qui permet au violon de virevolter dans les airs.

Elle embarque le public parisien saluant sa déclamation athlétique et son ardeur contagieuse. Durant la huitième représentation, je l'ai sentie proche de la rupture d'anévrisme tellement les veines de son cou surgissaient de sa collerette blanche de boniche, exprimant un sentiment farouche et certain que je n'ai pas forcément compris.

Mais ce soir, ses clameurs ardentes n'embarquent pas le public. Elle a beau monter dans les tours, y compris la tour Eiffel, pff, rien ! Ça arrive aux meilleurs. Raymond Devos disait que le rire du public était une réplique à part entière, et que lorsqu'il n'était pas là, c'était une gifle. Et il en a pris, Raymond Devos !

Au moment du baiser qui m'a été fatal, j'entends Louise Virole fulminer non pas sur scène, mais en coulisses, au point que je me demande si elle ne s'est pas trompée de côté. Sa vue baissant, aurait-elle pris l'échelle des pompiers pour une rangée de spectateurs ?

« On fait de la meeeeeeeerde !!! C'est de la meeeeeeeerde !!! » Elle invective les acteurs qui sortent de scène pendant la représentation. Y a-t-il le feu ? S'est-elle pris le pied dans la lance à incendie ? Cette anicroche nous coupe les ailes sur l'acte III où, en effet, nous jouons vraiment en dessous.

Je me rends timidement dans sa loge à la fin de la représentation afin de lui signifier que s'il y a un problème scénique, elle en réfère plutôt au metteur en scène afin d'éviter de nous couper les ailes en pleine représentation. Elle se remet à rugir : « ON A FAIT DE LA MEEEEEEEEERDE ! » avec une intensité qui indispose mon sommeil cette nuit-là :

– Moi : Dors !
– Mon sommeil : Quoi ?
– Moi : Dors !
– Mon sommeil : C'EST DE LA MEEEEEEERDE ! ON FAIT DE LA MEEEEEEEERDE ! AAAAALLEEEEEEZ VIENS BOIRE UN P'TIT COUP À LA MAISOOOOOON ! Y A DU BLANC Y A DU ROUGE DU SAUCISSOOOOON !

Ma naïveté de cheveu sur la purée m'interdit de comprendre le retrait silencieux des autres comédiens. Je comprendrai beaucoup plus tard qu'on ne s'attaque pas à la protégée du maillot jaune. J'avais l'innocence de penser que nous étions une équipe d'*All Blacks* dans laquelle la communication était essentielle à la victoire, qu'il n'y avait pas de calcul à réaliser, de hiérarchie à respecter.

Le lendemain, une réunion de crise est organisée en loge centrale, au cours de laquelle – comme on disait à l'époque du vinyle – le disque semble définitivement rayé : « ON A FAIT DE LA MEEEEEEERDE ! »

Sans que le metteur en scène ni le producteur n'interviennent pour restaurer le calme et la sérénité nécessaires au bon fonctionnement de la troupe.

C'est le lendemain que je tombe de ma soupe, lorsque je reçois deux coups de fil singuliers. Le premier d'Hallyson, qui déclare :

– Samy, je suis EXtrêmement déçu par le comportement de Virole hier.
– Ha ?

Le second de Rotrou, qui me signifie :

– Samy, je suis EXtrêmement choqué par le comportement de Virole hier.
– Ha ?

Je suis ahuri qu'ils n'aient pas fait cette remarque la veille, puisque c'était le but de la réunion : communiquer. C'est exactement dans ces moments-là que je prends conscience de mon autisme formel : mon incapacité à intégrer les stratégies lobbystiques, les finesses domestiques, les codes sociaux, les tectoniques de pouvoir, les raffinements diplomatiques.

Je suis un cheveu qui fait « plouf » dans la soupe. Ça n'empêche pas l'intuition, l'instinct, la prémonition, le sixième sens, mais le « plouf » est plus fort que tout.

La vie ne va pas tarder à me facturer mon « plouf ». Avec la TVA et les arriérés de langue, d'accolade, de L.A. L'addition va devenir salée, *con pimentos y tabascos!*

Pauline Lagalle oublie ses répliques

Lieu : Théâtre Henri II

Personnages :
Pauline Lagalle : l'actrice qui joue l'hôtesse allemande
Raymond Rotrou : le producteur de la pièce

Quinze jours après cet avatar qui fragilisera un peu plus ma position sur la soupe, je commets un acte qui s'apparente à un suicide.

À la fin de la représentation du vendredi, Pierre Rotrou descend dans les loges et prévient l'Allemande, Pauline Lagalle :

– Le producteur : Fais attention, Paupau, tu ne finis pas ta phrase, donc Samy est obligé d'improviser.
– Moi : Oui, comme tu ne dis pas : « Qu'est-ce que vous faites… CHEZ MOI ? », je ne peux pas te répondre : « Vous voulez dire… chez Bernard ? » Donc je suis obligé de me barrer en impro. Ce soir, ça a été, j'ai

frôlé le génie. Mais un soir où je ne suis pas réveillé parce que mon beau-frère s'est pris une pelleteuse dans la gueule, enfin je rigole, mais…

– Pauline : OK, j'ai compris.

Qu'ai-je donc fait de confirmer les propos du vétuste, que je considérais comme inoffensif dans la mesure où il me semble – vu son antiquité – plus paternant que détartrant !

Lagalle, illégitimée par son époux – diffuseur du spectacle –, le prend pour une humiliation, son honneur Sarah Bernardisé est à jamais bafoué.

Cette quadra brune longiligne et transparente dissimule son hystérique besoin de reconnaissance derrière une camaraderie expansive de bon aloi dans les couloirs du théâtre. Si son mari n'était pas le tourneur de la pièce, elle serait probablement gestionnaire de patrimoine pour une société financière de taille moyenne proposant des produits de placement tombés en désuétude.

Si j'ai Pierre Rotrou à la bonne en dépit d'une lâcheté que je découvre peu à peu, j'apprendrai plus tard que l'équipe est en bisbille avec lui pour une raison que vous allez comprendre dans deux minutes trente. La réflexion que j'ai faite à Lagalle confirme donc les propos d'un « ennemi » sans que je le sache. C'est la singularité du cheveu sur la soupe : il n'est pas au courant. À Hiroshima en 1945, le cheveu est coincé dans une station de métro, parce qu'il a pris la ligne 9 alors qu'il voulait se rendre Place d'Italie, il ne sait pas qu'une bombe vient de faire 200 000 morts à la surface. Il ne s'en rendra compte que huit jours plus tard, en remarquant que ses sushis sont grillés alors qu'ils étaient censés être crus.

Le lendemain, conscient d'avoir blessé Pauline Lagalle lors de ma confirmation technique, je l'appelle à 15 h 20, elle ne répond pas. Je laisse un message, m'excusant pour la veille et proposant un café plutôt qu'une guerre. J'ai bien peur qu'elle choisisse la guerre.

Les pizzas me convoquent à l'Hôtel Marriott

Lieu : Hôtel Marriott

Personnages :
Jack Hallyson : le metteur en scène
Raymond Rotrou : le producteur

Le jeudi suivant, je suis convoqué, à l'hôtel Marriott, rue de la Paix, par Jack Hallyson et Raymond Rotrou. Dans le film *Donnie Brasco* (Johnny Depp, Al Pacino), lorsqu'un gars du milieu est « convoqué » par les parrains, il a une chance sur cent d'en sortir vivant. J'évalue mes chances à une sur deux. C'est du cinquante-cinquante.

Les deux pizzas (Jack Hallyson et Raymond Rotrou) m'attendent dans un salon cinq étoiles aux tables trop parallèles pour éveiller mon exaltation. La calzone est au téléphone, la margherita se lève pour me saluer, la tomate légèrement rougie par un verre de champagne. La calzone éteint son téléphone, me salue à son tour et s'assoit sur un fauteuil qui n'a pas encore eu le temps d'être usé par un cheik arabe ou un milliardaire russe :

– Calzone : Ça va ?
– Moi : Oui.
– Margherita : Voilà, on a un truc à t'annoncer.
– Moi : Ha, merde !
– Calzone : Non non, t'inquiète pas. C'est pas…
– Moi : C'est l'huile piquante ?
– Margherita : Quoi ?
– Moi : C'est pas la mozzarella ?
– Calzone : Il dit quoi ?
– Margherita : Pff !
– Moi : Non, non, mais allez-y !
– Calzone : Voilà, on reprend la pièce l'année prochaine à Paris. On vire les hôtesses. Didier et Louise sont déjà sur un autre projet.
– Moi : Je suis la seule olive qui reste ?
– Calzone : Quoi ?
– Margherita : Oui, en fait t'es le seul rescapé. Donc voilà, pour remplacer Corner, on a pensé à Romain Dupneu.

– Moi : Le fils de Jacques Dupneu ?
– Calzone : Ouais.

Jacques Dupneu était un grand réalisateur puisqu'il a fait tourner Catherine Deneuve, Brigitte Bardot et Nicoletta, il était donc naturel que son fils soit un super acteur et partage l'affiche avec moi. J'ai du mal à comprendre pourquoi les fils Sarkozy ne sont toujours pas présidents de la République, pourquoi les enfants d'Aristote n'ont pas écrit de bouquins :

– Moi : Houarf ! Super idée !
– Calzone : Oui, il est super !
– Margherita : Oui, il est super !
– Moi : Oui, il est super !
– Calzone : Oui, il est super !
– Margherita : Oui, il est super !
– Moi : Oui, il est super !
– Calzone : Oui, il est super !
– Margherita : Oui, il est super !
– Moi : On prend un tiramisu ?

Vous l'avez compris : j'ai enclenché le tiramisu parce que certains acteurs décèdent dans la roue de l'écureuil : « Oui, il est super ! » Il y a un moment, il faut tuer l'écureuil.

– Moi : On prend un tiramisu ?
– Calzone : Justement, en parlant de tiramisu, on a reçu un e-mail de Marie et Pauline, à caractère juridique. Il paraît que tu tiens des propos salaces et que tu as des gestes déplacés.
– Moi : Ha bon ? Mais quand ?
– Calzone : Ben, je sais pas.
– Moi : « Fais passer l'huile piquante », c'est salace ?
– Calzone : Heu... non.
– Moi : C'est bizarre !
– Calzone : Pourquoi ?
– Moi : Parce que j'avais une quiche qui me demandait des propos salaces quand je la mettais au four, et le pire que j'ai trouvé, c'était : « Ha, t'aime ça, cochonne ! »
– Margherita : T'as rien trouvé de plus salace ?
– Moi : Non.

– Calzone : Pourtant, tu déchires en impro !

Je comprends une chose au cours de cet échange d'où je sortirai vivant : la production a pris le parti de se séparer du tourneur Joris Lagalle, le mari de Pauline Lagalle, pour relancer la pièce à Paris. Son épouse, humiliée par la petite réflexion que j'ai faite en loge, s'est liguée avec Marie Crotton pour écrire un e-mail mensonger au producteur, m'affublant de choses que je suis incapable de commettre, même avec les femmes qui partagent mon lit. Elles ont été préalablement informées de leur éviction du projet pour la saison prochaine par la femme de Jack Hallyson (qui joue l'hôtesse française). Et ont possiblement imputé cette éviction à une malveillance de ma part. Or, mes relations avec la production et la mise en scène ne sont pas assez intimes pour que je puisse avoir ce pouvoir-là, d'une part, d'autre part, ma paresse naturelle et mon détachement m'invitent plutôt à préférer poursuivre le projet avec les mêmes actrices afin de ne pas m'imposer de nouvelles séquences de répétitions. Tout cela peut paraître fastidieux, mais nous sommes probablement au cœur de la bombe.

Le coq m'insulte devant les biscottes

Lieu : Grande loge du Théâtre Henri II

Personnages :
Didier Corner : le cycliste-acteur
Jack Hallyson : le metteur en scène
Raymond Rotrou : le producteur

Comme nous sommes à quelques instants de la reprise du spectacle, les pizzas sortent du four pour se rentre au théâtre, me précédant de quelques minutes. Lorsque je descends vers la loge ventrale, les deux biscottes évincées pleurent comme des madeleines, Corner revêt son costume de coq protecteur pour m'insulter dès mon entrée :

– Cot cot cot cot cot cot cooooooooot !
– Quoi ? Qu'est-ce qu'il y a ? Hein ?
– Cot cot cot cot cooooooooot !

Je comprends que les deux pizzas ont évoqué avec les biscottes notre conversation du bordel 5 étoiles, leur ont fait part de mon incompréhension et qu'elles sont broyées de douleur, telle Solène Alain accusant Philippe Dagobert de viol pour avouer au juge un an plus tard qu'elle était consentante. La décision de justice sera rendue sur deux lignes en page 8, alors que le mensonge accusateur a été brandi en première page. Je découvre alors le féminisme mondain brandissant l'étendard du respect des femmes, par des gens qui n'ont aucun respect pour les autres et pour la vie. Étonnant, non ?

Devant ces deux comédiennes écartelées par la souffrance et par les larmes, le coq démultiplie ses injures dans un sprint échevelé qui aurait forcé l'admiration de Richard Virenque avant sa première injection :

– Cot cot cot cot cooooooooot ! Cot cot cot cot cooooooooot ! Cot cot cot cot cooooooooot ! Cot cot cot cot cooooooooot ! Cot cot cot cot cooooooooot !

Je traduis en français : « Tu as vu ce que t'as fait, connard ? [Montrant les biscottes pleurantes.] Et puis je me suis renseigné, tu as fait pareil avec

Nathalie Génin, Isabelle Lagourde, Anaïse Collin, Victoria Souleau, Catherine Evrard, Philippine de Ribambelle, Karine Lacourge, Béatrice Trompette, Élodie Krouchere, Anne Combale, Janine Trateau, Leila Pouffon, Mylène Croutasse, Hélène Falk, Nadia Falcao, Joséphine Troupe, Nina Ridon, Valérie Lespuces, Angèle Ledredon, Lisa Rampal, Corine Strauss Kahn, Léa Sarkozy, Christine Mitterrand, Aline Pasqua, Josie Chirac, Hanna Sardou, Sandra Mercury, Gina Di Caprio, Karine Dufau, Amel Cropin, Janine Leblanc, Léonore Darty, Yvonne Carrefour, Françoise Laplat, Lise Crodile, Eva Millot, Jane Collard, Nina Herpi, Sonia Arfeld, Delphine Barré, Valery Carton, Ève Carte, Ama Lecoutre, Gala Ramatov, Gina Joune, Brigitte Matthieu, Léa Huitre, Isabelle Campagne, Jenny Versailles, Véronique Lacourge, Julie Labrune, Katy Chaumard, Juliette Brant, Cindy Decon, Marie Couchons, Ève Braun, Rachelle Belge, Lucia Honcard, Katia Edf, Georgette Alécole, Pauline Bertier, Régine Thibault, Zora Demainson, Olivia Laraconte, Aurélie Choumot,

Amélie Bruce Lee, Hélène Schwartzeneger, Léna Stallone, Sylvette Fucking, Dora Colombage, Maria Lino, Dolores Garopoupipapapoulos, Angèle Déragemonpantalondanslacuisine, Monette Paris, Nathalie Dupif... et j'en passe !!! »

Houaaaaaaa ! Il a fait des fouilles archéologiques dans mon passé professionnello-amoureux et il a extorqué les noms de toutes les filles prêtes à me faire passer pour un délinquant sexuel. Il s'agit de femmes avec qui j'ai eu un début d'histoire que je n'ai pas souhaité poursuivre et qui gardent encore des traces indélébiles dans leurs cœurs abîmés par l'asphalte incandescent de ma fantaisie horizontale de cheveu écorché par des soupes trop chaudes.

J'essaye de lui répondre le plus sincèrement possible :

– *But I don't understand! You and me, we are colleagues and I think...*
– Cot cot !

Qui veut dire : « Ta gueule ». Je suis sous le choc, pétrifié, saigné, abattu par tant de « cot » et de « cot cot » juste avant de rentrer sur scène. J'aurais voulu pleurer, mourir, voire les deux en même temps. Demander pardon au monde entier. Pardon d'être sur terre au même moment que vous. Me dissoudre dans l'espace qu'il me reste encore pour respirer mon dernier souffle de condamné à mort. Mais c'est l'heure. J'enfile mon costume de provincial endimanché. J'entends encore un « cot cot », une odeur de pizza, un peu de maquillage sur le nez, dernier coup de peigne, une respiration, encore un « cot cot », et c'est à moi.

L'ambiance devient irrespirable

Lieu : Scène du Théâtre Henri II

Personnages :
Marie Crotton : l'hôtesse américaine (Janet)
Les autres acteurs de la pièce

– Moi : Ha ha ha ! Surprise !

Ce mélange de bonheur avec le public et de haine avec eux rend les scènes de baiser surréalistes et irrespirables. Leurs regards me fusillent, mais elles doivent m'embrasser. Même Shakespeare n'a pas réussi à créer un dilemme aussi dingue !

– Janet : Est-ce que vous avez déjà embrassé une femme américaine ?
– Robert (moi) : Non, non, à Morteau, l'occasion ne s'est pas présentée !
– Janet : C'est dommage.
– Robert : Ah bon, pourquoi ?

Janet me balance sur le canapé, le regard plein de haine. Se jette sur moi. Je suis touché, meurtri par la tournure que prennent les choses, écorché même. Ils voudraient tous m'achever : les biscottes, le coq, la bonne... Mais une particule de bonheur transcende la densité émotionnelle qui me submerge. Je reste dans ma ligne de jeu, quoi qu'il arrive : « perdre le contrôle de mon personnage », ne pas l'encombrer de mon stress, de mes « cot cot » ou des pizzas :

– Moi : Envole-toi, Robert !
– Robert : Bah... j'essaye !
– Moi : Sois dingue ! Sois libre ! Sois un canard sauvage !
– Robert : Oui, mais ils ont des flingues ! Ils ont des chiens !
– Moi : Alors monte plus haut encore !
– Robert : Yahouuuuuuu !

Cette liberté, ce bonheur les épuisent. Je le sens à leur regard. Ils voudraient le châtrer, le circonscrire, le réduire, le soumettre... mais il est trop fou, le Robert ! Sa folie, c'est sa force. Il danse sous les projecteurs dans la liberté que je lui donne, chaque fois que mon esprit n'est plus prisonnier de leur malveillance, de leur ignorance. J'ai parfois été surpris qu'ils ne veuillent pas communiquer.

C'est mon côté naïf de cheveux sur la soupe. L'espace dans lequel danse, crie, vole mon personnage, cet espace inconditionnel et libre, ils ne le supportent pas. Comme des prisonniers insupporteraient la liberté folle d'un enfant dehors jouant à se tordre de joie avec une balle de bonheur en papier scotché.

C'est peut-être l'épicentre d'une discorde souterraine : le cycliste entre sur scène la tête dans le guidon et supporte mal mon plaisir à lâcher le mien pour rouler torse à l'air en roue libre, mains derrière la tête, offert à tous les possibles que le jeu, le texte, l'énergie, le public peuvent nous offrir en sortant de la zone de confort.

La représentation terminée, dans les loges, l'ambiance devient irrespirable, tout peut exploser d'un moment à l'autre. Je sens même que les coups peuvent partir entre Cot Cot et moi.

Un regard, un mot peuvent suffire. Je m'éclate sur scène, je plane, je jouis même. Et ça les rend dingues.

À la fin de la représentation, je demande à la calzone (Rotrou) une personne en coulisses pour surveiller les mots et gestes d'avant-scène. Le récent e-mail des biscottes brisées au producteur me conduit à bunkeriser ma présence dès mon entrée au théâtre. Je demande à être extrait des loges du bas et je fais du vestibule derrière les coulisses ma nouvelle tanière.

Lors des représentations suivantes, je reste calfeutré dans ma cabine jusqu'à mon entrée en scène et ne participe plus au *haka* d'avant spectacle. Le producteur a placé une Shéhérazade fine et bienveillante chargée de surveiller les Mille et un Mots ou gestes que la nuit des coulisses pourrait envelopper. Je vis sa présence comme un soutien gardant la distance adéquate pour ne prendre aucun parti, mais un soutien quand même puisque c'est la seule, dans cet espace réduit, à ne m'avoir ni insulté ni calomnié.

Les représentations – en dépit de la présence de Shéhérazade – deviennent des électrochocs de cruauté, d'acharnement, de mépris. Je lis dans les regards des objets tranchants, crans d'arrêt, mitrailleuses lourdes… Chaque soir, l'armement est plus chargé que la veille, la froideur plus intense. Ils veulent ma peau. Mais chaque soir, j'envoie mon personnage dans l'espace ouvert de la joie inconditionnelle :

– Moi : Ha ha ha ! Surprise !

Ces premiers mots descendent du ciel. Si Dieu a écrit cette histoire, il a fait exprès de choisir ces mots-là, à ce moment-là, pour que le plus conscient, le plus proche de lui les boive comme un clin d'œil de l'infini sur l'horizon dense de l'humanité.

Et une fois encore, j'envoie mon personnage comme on tire un feu d'artifice, dans un espace libre et insondable. C'est ce qui le rend heureux, ce provincial déjanté. Il est hors de contrôle. Il aime ne pas savoir où il va, il est né pour ça.

Dans cet enfer irrespirable, il me rend toute la liberté que je lui donne.

Pauline Lagalle : Tu m'as frappée

Lieu : Hall du Théâtre Henri II

Personnages :
Pauline Lagalle : l'hôtesse allemande
Les autres acteurs

Je pensais avoir atteint l'Everest de la violence pathétique ponctuant ce chemin de croix. Mais à la fin de cette représentation, à la sortie du théâtre, alors que le coq, les biscottes et les pizzas s'apprêtent à quitter les lieux… Lagalle me lance, hystérique :

– Tu m'as frappée !
– Mais… sur scène ?
– Oui !

À la fin de la pièce, je fais passer énergiquement Lagalle de ma gauche à ma droite, afin de protéger Bernard – mon pote – des mensonges relatifs à ses multiples maîtresses. Certains soirs, je suis plus énergique que d'autres puisque je laisse à mon personnage la liberté de suivre son énergie du jour. Je suis scotché qu'on me prête une intention de nuire, ou de faire mal, ou l'idée d'une quelconque malveillance intentionnelle.

J'ai la sensation qu'on me plonge dans un baril d'acide chlorhydrique, dans l'image du sado-maso-macho-violeur qu'il est temps d'éliminer radicalement.

Je rentre chez moi un peu plus abattu que la veille, mâché, plombé, détruit, en me demandant jusqu'à quelle profondeur le poignard peut encore entrer, le navire peut encore sombrer.

Crotton se porte malade : la représentation est annulée

Lieu : Hall du Théâtre Henri II

Personnages :
Pierre Rotrou : le producteur
Les autres acteurs

Lorsque j'arrive pour la représentation du jeudi – la première de la semaine –, le coq, les pizzas et l'une des deux biscottes piétinent dans le hall d'entrée et tirent une gueule traînant sur la moquette. Pas de panique ! C'est à peu près leur état d'esprit habituel lorsqu'ils croisent ma bobine. L'ambiance morose est cohérente avec ce temps de fin d'hiver – quartier Louvre-Opéra. La gueule enfarinée (ma gueule ordinaire), je m'adresse à la calzone abattue, rougeoyante, qui n'a pas sa mozzarella habituelle :

– Qu'est-ce qui se passe ?

– Marie Crotton est malade.

– Elle a quoi ?

– Pff !

– Et c'est grave, « pff » ?
– Pff !
– Donc… on ne joue pas ?
– Ben… non.
– Ha ?
– Mm.
– Gh.

Aux regards du coq et autres madeleines, biscottes et autres crêpes chantilly, je comprends sommairement que tout est ma faute et que ça devait forcément arriver. Cette maladie soudaine est la conséquence logique de mes comportements abjects qui ont rendu l'ambiance irrespirable.

Après avoir piétiné dans le hall pendant quelques secondes pour ne pas faire le gars qui rentre illico afin de ne pas rater le début des infos de 20 heures, je rentre chez moi envahi par le sentiment étrange qu'ils ont raison : tout est ma faute.

La paix

Lieu : Chez Samy

Cette pause dans les représentations est réparatrice, pour ne pas dire *ressuscitante.* Je souffre indiscutablement d'une indigestion de pizzas, de coq au vin, de biscottes qui m'ont séché de l'intérieur et pèsent lourdement sur mon climat émotionnel. Les années de méditation, de mantras, de prières, de *Om mani padmé houng* qui ont nettoyé mon mental de ses turpitudes affectives commencent à devenir caduques.

J'irai même plus loin : je vis cet arrêt comme le gong d'un ring de boxe exprimant : « C'est bon, vous vous êtes assez foutus sur la gueule : on met sur *pause.* »

Je goûte le bonheur simple de la non-agression, de la non-accusation, de la non-inculpation, le bonheur de vivre en paix. De voir simplement le jour se lever et d'aimer ça. N'avoir besoin de rien d'autre pour être satisfait. La vie suffit à la vie. Je retrouve ma respiration, comme si je l'avais oubliée sous un :

– Est-ce que vous avez déjà embrassé une femme américaine ?
– Non, non, à Morteau, l'occasion ne s'est pas présentée !

Je suis né dans les années 1960 et souvent, des adultes m'ont dit : « Vous êtes la première génération à ne pas avoir connu la guerre. » On n'a pas conscience d'une chose qu'on a toujours eue. Si tout était bleu, on ne se saurait pas ce que c'est, bleu. Quelqu'un dirait : « Le ciel est bleu », on le prendrait pour un fou.

Je goûte la paix comme si c'était la première fois. « T'as mis la langue. » Je goûte une paix encore écorchée. « Fais gaffe. Je suis parrain d'une association de protection des femmes. » Tout me rend heureux entre deux nuages. « Tu m'as frappée ! »

Non, je n'ai pas pu vivre ça !

Rendez-vous avec mon agent au *Queens' Hôtel*

Lieu : Salon du Queens' Hotel

Personnage :
Cheese-cake : l'agent de Samy et de Marie Crotton

Je tente à plusieurs reprises de joindre Valérie Courtqueue, l'agent double que m'a conseillé Crotton afin d'avoir des nouvelles de la malade. Je n'ai pas de réponse et cela interpelle mon sixième sens :

– Mon sixième sens : Bip bip bip !
– Moi : Oui ?
– Mon sixième sens : Bip bip bip !
– Moi : Oui ?

Ce silence n'augure rien de bon pour moi et confirme ma toute première impression qui déchiffrait la fragilité aérienne de la frisée aux oignons comme pouvant abriter une lâcheté axiomatique.

Le cheese-cake qui partage ses bureaux – et me sert aussi d'agent – étant à Londres, il faut attendre son retour pour avoir une vraie conversation dans un abreuvoir jouxtant le Fouquets', avenue Georges V.

Je sens du tourment dans son cheese et du repli dans son cake. En gros, il a été travaillé par Crotton et Bittanicus qui lui ont rapporté les échos remaniés-acidulés de mes ex : Nathalie Génin, Isabelle Lagourde, Anaïse Collin, Victoria Souleau, Catherine Evrard, Philippine de Ribambelle, Karine Lacourge, Béatrice Trompette, Élodie Krouchere, Anne Combale, Janine Trateau, Leila Pouffon, Mylène Croutasse, Hélène Falk, Nadia Falcao, Joséphine Troupe, Nina Ridon, Valérie Lespuces, Angèle Ledredon, Lisa Rampal, Corine Strauss Kahn, Léa Sarkozy, Christine Mitterrand, Aline Pasqua, Josie Chirac, Hanna Sardou, Sandra Mercury, Gina Di Caprio, Karine Dufau, Amel Cropin, Janine Leblanc, Léonore Darty, Yvonne Carrefour, Françoise Laplat, Lise Crodile, Eva Millot, Jane Collard, Nina Herpi,

Sonia Arfeld, Delphine Barré, Valery Carton, Ève Carte, Ama Lecoutre, Gala Ramatov, Gina Joune, Brigitte Matthieu, Léa Huitre, Isabelle Campagne, Jenny Versailles, Véronique Lacourge, Julie Labrune, Katy Chaumard, Juliette Brant, Cindy Decon, Marie Couchons, Ève Braun, Rachelle Belge, Lucia Honcard, Katia Edf, Georgette Alécole, Pauline Bertier, Régine Thibault, Zora Demainson, Olivia Laraconte, Aurélie Choumot, Amélie Bruce Lee, Hélène Schwartzeneger, Léna Stallone, Sylvette Fucking, Dora Colombage, Maria Lino, Dolores Garopoupipapapoulos, Angèle Déragemonpantalondanslacuisine, Monette Paris, Nathalie Dupif, etc., etc., etc.

Afin de lui prouver que je suis un délinquant sexuel et qu'il faut m'éliminer. Naturellement, le cheese ne fait pas cas de tout cela, mais mon sixième sens me transmet l'information en temps réel.

J'ai beau lui confier la version millimétrée de l'histoire, lui expliquer qu'on ne devient pas dépravé au bout de vingt-cinq ans de carrière, que mon système hormonal est rarement mis en branle par des comédiennes pour des raisons égotico-vibratoiro-nombrilo-génitales, je vois à son regard vide comme celui d'un supporter du Spartac de Moscou qu'il a pris le parti du cycliste-acteur-justicier et de Marie Crotton.

Je lui en veux encore de m'avoir fait perdre un après-midi alors qu'il avait déjà pris parti pour la volaille.

Mon agent me suggère de démissionner !

Lieu : Salon du Queens' Hôtel

Personnage :
Cheese-cake : l'agent de Samy et de Marie Crotton

La semaine suivante, le cheese propose un nouveau rendez-vous. Nous nous retrouvons dans l'abreuvoir étoilé de l'avenue Georges V. Il semble un peu emmerdé :

– Voilà, Samy, heu…
– Oui ?
– Je…
– Mm ?
– Je pense que pour ton honneur, c'est mieux que t'arrêtes.
– Que j'arrête quoi ?
– Ben… la pièce.
– Quoi ???
– Oui, tu vois. Tu arrêtes, tu prends du recul. Je pense que pour ta réputation, c'est mieux.

Je tombe du 95e étage ! Il est fou, lui ! Depuis mes deux sœurs et ma mère, j'ai passé ma vie avec des femmes, dans l'humour, l'amour, le jeu, la poésie, le respect, la fantaisie, et une complicité qu'il n'aura jamais de sa vie avec aucune femme, et ce cake voudrait me soumettre à un ex-champion du guidon et à une bande de névrosés qui se sont constitués en bande du crime organisé !

Dans mes veines, le sang de mon grand-père – lou sanc du papeto – ne fait qu'un tour. « Va-t'en, caga ! As coumpres pitchou ? »

J'ai payé trop cher le fait d'être là ! Mon grand-père a payé trop cher le sang de ses vignes ! Et toi, tu penses que je dois me préoccuper de mon honneur ? Petite frappe ! Petit agent de merde qui n'a jamais mis la tête dans une souche de Cabernet à 5 heures du matin. Tu crois que j'ai un honneur à laver ??? Tu voudrais que je joue le jeu de cette mafia de sous-sol ?

Non seulement il n'y a jamais eu la moindre indélicatesse, mais j'ai demandé moi-même au directeur du Caveau de la République de payer un taxi à Gaby Verlor – mon amie, compositrice de Bourvil – qui rentrait chez elle en métro à 85 ans, préoccupation qu'aucun comédien passé par là n'avait jamais eue pour elle.

Non seulement il n'y a jamais eu la moindre impertinence, mais je soutenais leur combat lorsque je me suis rendu compte qu'une de mes amantes sur trois avait découvert la sexualité par le viol, des attouchements, voire des mots d'adultes qui n'auraient pas dû être.

– Moi : Cheese ?
– Cheese : Mm ?
– Moi : Va te faire foutre.

Je rentre chez moi dépité. Mon agent qui devrait me défendre, défendre mon jeu, mon travail, mon intégrité, se fait retourner par un sprinteur déchu et deux comédiennes névrosées, doublées depuis longtemps par le train du succès. Entre le show-biz et les artistes, le cheese-cake n'hésite pas une seconde. C'est à la fois complètement dingue et totalement prévisible.

Je traverse Paris broyé, révolté. Les ponts, les vélos, les bruits des autos, tout ce qui m'entoure devient irréel. Je n'imaginais jamais vivre un truc pareil. Je suis un authentique cheveu oublié un soir par un balai dans un salon de coiffure. Le gars le plus coincé, le plus timide, je suis tellement mal à l'aise, tellement pudique que parfois, je prépare des antisèches pour parler aux filles. Comment ce conglomérat de malfrats... je ne peux plus achever mes pensées... je ne peux plus finir mes phrases.

Ils ont ramassé tout ce que j'ai pu croiser d'aigries, de revanchardes, de frustrées pour faire de moi un délinquant sexuel et profiter du climat de terreur ambiante pour prendre une revanche qui n'a rien à voir avec la choucroute.

Je voudrais une pelouse. Quand ma mère était malheureuse, elle tondait la pelouse.

Mais la pelouse n'était pas assez grande pour éponger sa peine.

La production arrête la pièce, mon agent fait un *break*

Lieu : Chez Samy

Une semaine plus tard, je reçois un e-mail laconique de la production : « Suite à de nouveaux éléments, nous avons pris la décision d'arrêter définitivement les représentations. Pierre Rotrou. »

C'est le 15 février 2019. Il reste deux semaines de représentations à jouer. Nous sommes en plein quartier Opéra, squatté par les gilets jaunes, et souvent inaccessible. Lors des deux représentations du samedi, nous faisions deux fois 100 entrées à 10 euros au lieu de faire deux fois 400 entrées à 30 euros. Cette considération financière ne sera peut-être pas anodine dans les futurs retournements de veste, de costard, de blouson, voire de manteau de fourrure, les assurances pouvant permettre d'éponger une partie des pertes de production. Ça ne serait pas une première dans le milieu du théâtre parisien.

Trois jours plus tard, le cake m'appelle. Je sens le cheese à trois kilomètres :

- Cheese-cake : Samy, on peut se voir demain au bureau ?
- Moi : Écoute, si c'est pour arrêter la collaboration, on le fait tout de suite. On a déjà perdu deux après-midi. J'ai yoga à 15 heures.
- Cheese-cake : Oui, en effet, on voulait faire un break, parce que…
- Moi : Salut !

Chlac ! « On fait un break » est une expression spécifiquement inventée pour les cakes qui n'ont pas les couilles de dire sec : « On arrête. » En même temps, si les cheeses avaient des couilles, ça se saurait. La reine d'Angleterre y aurait fait allusion dans son discours de nouvel an :

- La reine : *Ladies and gentlemen. Because the cheesecake has some heu... couilles. God save the queeeeeen!*

Là, ça paraît un peu plat parce qu'il n'y a pas la musique royale derrière, mais avec l'orchestre de la Garde, ça aurait de la gueule.

En tout cas, ça, c'est fait !

Je vais voir Jenny Kester au théâtre

Lieu : Théâtre Le Royal

Personnage :
Jenny Kester : l'actrice qui joue la bombe dans la série de Samy

Je profite du cessez-le-feu pour aller voir Jenny Kester au théâtre. Dans la série qui m'a valu la célébrité, la gloire et la New Beetle décapotable, elle joue la bombe. Pour être sincère, je la trouve physiquement banale. Chez un intuitif, la perfection esthétique est insuffisante pour définir les contours d'une jolie femme, d'une femme attirante, voire d'une bombe sexuelle. Le pare-chocs et les pneumatiques évoquent la possibilité d'un espoir, mais souvent l'espoir reste là, dans le néant vaste et noir, comme une promesse féerique débouchant sur le périphérique.

Jenny est ravie que je sois venu la voir. Elle l'exprime par des gloussements, des cris, des baisers que les quelques paparazzis présents ce soir-là capturent au Canon 5. Je la félicite dans un enthousiasme débordant :

– T'es trop bien dans c'te pièce.

– Boum !

– C'est toi qui joues ?

– Ben…oui ! Qui veux-tu que ce soit ?

– Tu t'es améliorée !

– Merci.

– T'as pris des cours de théâtre ?

– Boum !

– Non, parce que, autant dans la série, tu joues comme une saucisse, autant sur scène, t'assures.

– Merci. On prend un pot ?

– Non, j'ai peur de m'ennuyer.

– Ha.

– J'ai fait un rêve prémonitoire : je mourais d'ennui dans un bar avec les acteurs d'un téléfilm policier où un type est assassiné dans une bourriche d'huîtres de Cancale.

– Ha, merde ! Ben salut, alors !

– Salut, Jenny, et encore bravo ! Tu étais vraiment top.

Je rentre chez moi heureux pour trois raisons :

1) J'ai osé dire la vérité : j'avais peur de m'emmerder.

2) J'ai trouvé Jenny et la pièce plus que correctes.

3) Ça faisait vraiment plaisir à Jenny que je sois venu la voir. Les liens tissés pendant ces cinq années de tournage étaient donc de vrais liens fraternels indélébiles et authentiques. La vie ne nous réunit jamais par hasard, et j'aime que mes amis réalisent ce « non-hasard ».

Au moment précis où j'en avais besoin, je rentre sous un arc-en-ciel.

Travail de sape dans le métier

Lieu : Théâtre du Patronage

Personnages :
Carène Caramel : une actrice de one woman show
Claudine Maxi : la gérante de théâtre (la chouette)
Kamel Lamouchi : le régisseur du théâtre

Une semaine plus tard, Carène Caramel – une amie plus lointaine mais tout aussi agréable – m'invite à l'avant-première de son *one woman show* ayant pour thème : le vin, clôturé ingénieusement par… du vin. Je bois les deux à gorge déployée lorsqu'une amie commune, Claudine Maxi – gérante de théâtre –, s'approche de moi, éberluée comme une chouette andalouse :

– Hou houuuu !
– Quoi ? Qu'est-ce qu'il y a ?
– Hou houuuu !
– Qu'est-ce qu'on dit ?
– Ben, que tu es un harceleur sexuel !
– Ha bon ? Depuis quand ?

– J'en sais rien ! Qu'est-ce qui s'est passé au théâtre ?

Je comprends en trois phrases que les biscottes, le coq, les pizzas et le cheese-cake se livrent à un travail de destruction massive dans le métier. Récupérant petits indices et gros mensonges pouvant me nuire.

Joris Lagalle, le mari de Pauline Lagalle, sait que sa femme ment. Puisqu'il fait tourner des collègues me connaissant depuis vingt-cinq ans qui tombent de leur chaise quand on leur parle de comportements déplacés de ma part. Or, dans notre glorieux métier, quand un acteur picole, c'est une traînée de poudre :

– Harpagon : Jourdain a arrêté de boire.
– Sganarelle : Ha bon ? T'es sûr ?
– Harpagon : Ouais ouais, il a arrêté hier soir.

Tout le monde sait ! Peut-être parce que le sous-sol égotique prend un malin plaisir à colporter les ragots. Il en est de même pour les comportements déplacés vis-à-vis des femmes. Il est impossible que ça émerge au bout de vingt-cinq ans. Et lorsque ça émerge, le métier était déjà au courant depuis longtemps :

– Harpagon : Samy met des mains.
– Sganarelle : Ha bon ? Depuis quand ?
– Harpagon : Depuis vingt-cinq ans.
– Sganarelle : Mais… pourquoi ça sort que maintenant ?
– Harpagon : Il est à la DGSE.

À la base, Joris Lagalle est un bon tourneur et un bon gars. Mais depuis trois ans, il s'est soumis au prince du théâtre en maillot jaune : Bittanicus. D'abord parce que ce dernier investit de l'argent dans ses sociétés ou lui octroie ses tournées, ensuite parce qu'il lui confère des ouvertures médiatiques, enfin parce qu'il lui fait profiter de son auréole d'oscarisé du vélo.

Lagalle accorde à l'ex-grimpeur le rôle qu'il s'est lui-même donné : protecteur de femmes souillées. Ça reste une affaire de famille puisque ladite souillée est sa femme. Si on peut se faire mousser entre nous, pourquoi se priver ?

Pourtant, ce soir-là, un ange m'est envoyé par Mahomet en personne : Kamel – que j'ai vaguement croisé une paire de fois – travaille au Théâtre du Patronage, mais il est également guérisseur et visionnaire. On n'a pas besoin de lui raconter sa vie, il la connaît déjà. Et il sait ce qui est en train de se tramer sur mon compte dans les couloirs du métier. Cheveux noirs, œil noir, chaussures noires, un mètre 80, 75 kilos de détermination et d'amour ; il est révolté avant même que je lui adresse la parole :

– Je suis au courant !
– Houaaaaa !
– Je suis avec toi, mon frère.
– Houaaaaaa !
– Quoi ?
– Ça fait du bien.
– T'inquiète, je suis là pour ça. Ils ne t'auront pas, ces bâtards.

L'ange n'utilise jamais le terme « bâtard », sauf quand il prend une forme humaine. J'ai un allié. Il ne fait pas partie du gratin du show-biz. Il n'a pas été champion, il n'est pas copain avec un présentateur célèbre, mais il a l'arme suprême qui déchire l'ensemble : la foi. Nous n'avons pas le même intermédiaire, mais nous sommes reliés depuis toujours et pour toujours.

La particularité principale de l'ange, c'est son sixième sens qui rend la relation particulièrement reposante puisqu'on n'a pas besoin d'expliquer les choses. Bittanicus pourrait lui démontrer pendant dix jours que *La Truite* de Schubert est en *sol#* majeur, le lui prouver par A + B, lui exposer les photos, si *La Truite* est en *la*, il le sait, il le sent, on ne peut pas le corrompre. C'est pour ça qu'il est sécurisant. On n'a pas besoin de temps pour devenir amis. Ça démonte totalement la théorie du Petit Prince qui devait approcher sa chaise un peu plus chaque jour pour être apprivoisé par le renard. Là, c'est chlac ! Spontané ! Immédiat ! Innocent ! Une sorte de flash. Comme si la relation existait déjà avant la rencontre et qu'elle perdurerait quoi qu'il advienne. Le Petit Prince n'a plus besoin de s'embêter. Il brise sa chaise ! Il part en courant, et s'il est innocent, s'il est relié, il trouvera sur son chemin un loup habité par l'ange. Il le prendra par le cou. Ils se reconnaîtront avant même de se parler.

Méfiez-vous des renards ! Ils sont partout ! Même en boîte de nuit ! Vous les reconnaîtrez à leur signe indien : « Mais… on ne se connaît pas ! » C'est à ces mots que vous les reconnaîtrez. Votre réponse doit être précise : « OK, salut ! » Ne jamais perdre une seconde avec un renard. Il y a tellement d'espace, de possibles, de vie, de joie, de rires, de surprises. Il n'y a pas une seconde à perdre. Il faut être précis.

Je retrouve Jenny Kester sur un tournage

Lieu : Péniche Concorde

Personnage :
Jenny Kester : l'actrice qui joue la bombe dans la série de Samy

Un mois plus tard, je retrouve Jenny Kester sur le tournage d'une émission pour une grande chaîne de télévision française. C'est sur une péniche, pas très loin de l'été. La douceur estivale a pris d'assaut le ventre de la capitale sur un bateau habituellement destiné au tourisme et à l'événementiel. Le public est déjà sur le pont, survolté par un chauffeur de salle que je connais depuis mon passage sur Canal+.

Je suis giflé de constater que l'attitude de Jenny a diamétralement changé. On passe de 38 °C au soleil à -12 °C à quai. Le premier échange est surréaliste, presque menaçant, alors que – je le rappelle – depuis ma venue au Royal en avril, nous ne nous sommes pas revus, il n'y a rien eu, pas de tournage… rien !

– La bombe : Tu te souviens, dans les ascenseurs ?

Elle fait allusion aux sketches que nous tournions dans les ascenseurs.

– Moi : Oui ?
– La bombe : Tu me collais un peu, quand même.
– Moi : Ha bon ?
– La bombe : Mm.
– Moi : Écoute, la production doit certainement avoir les rushes. Tu veux qu'on vérifie ton truc ?
– La bombe : Non, non, ça va.
– Moi : OK.
– La bombe : Boum !

Je me rends compte que la quiche – pardonnez-moi cette dénomination mais se faire retourner la tête par un cycliste au crâne garni d'un pois chiche n'éveille pas en moi d'autre dénomination – a été assez gourdasse pour rentrer dans le jeu des pizzas, biscottes et autre coq de basse-cour. Mes ex-collègues ont rencontré Corner – venu interpréter un *guest* – sur notre tournage pour le *prime* de Noël. Le champion du guidon se livre non seulement à un travail de sape, mais aussi de retournement, d'investigations cyniques qui n'ont rien à voir avec ma vie, avec la vie, avec… et puis merde !

Me considérant socialement comme « autiste profond », coincé professionnel, asocial de naissance, ils sont en train d'organiser l'assassinat d'un handicapé, sous couvert de mensonges éhontés, de terreur féministe et d'indignation vertueuse.

Rencontre avec la journaliste de *L'Expert*

Lieu : Cabinet de l'avocat Dumaroc

Personnages :
Maître Dumaroc : l'avocat
Sophie Lecuivre : la journaliste de L'Expert

Le coq et les biscottes ont réussi leur coup puisque *Bora Bora* ne reprendra pas avec Romain Dupneu et moi à la rentrée de septembre comme cela avait été convenu.

Par contre, cette rentrée s'annonce mouvementée puisque je reçois un e-mail de la pigiste d'un journal de gauche urbaine, *L'Expert*, qui m'indique qu'on va passer à la vitesse supérieure.

> *Cher monsieur,*
> *Je m'apprête à publier un article vous concernant. Enfin, concernant plus globalement les détraqués sexuels, violeurs, pervers et autres pathologies déviantes dans le monde du théâtre.*

Seriez-vous prêt à répondre à mes questions ?
Cordialement.
Sophie Lecuivre
L'Expert

Wahou ! C'est une blague ? C'est une fan qui essaye – par un subterfuge fumeux – d'obtenir une photo dédicacée suite à une série d'échecs liés à mes oublis répétés ? C'est une ex qui tente le tout pour le tout afin de décrocher un dernier rendez-vous dans l'espoir secret de m'achever à coups de pelle ? En vérité, je comprends très vite que le processus de destruction initié dans le métier ne va pas s'arrêter au milieu du théâtre : il va inonder la France. Sans qu'à aucun moment, la justice française n'ait été invitée. Je découvre qu'on peut obtenir ta mort par copinage, par réseautage, par auréole, par connaissance. En effet, j'apprendrai plus tard que cette journaliste a sympathisé avec Bittanicus dans le cadre de l'association de défense des femmes dont il s'est prévalu dans les loges et dont il est le parrain. Sophie Lecuivre, flattée que le brave ait bien voulu prêter son auréole à la cause :

– C'est trop cool que tu soutiennes « Violences faites aux femmes ».
– Merci, c'est normal.
– Et puis toutes les femmes de l'assoce te trouvent super simple.
– Oui, je suis super simple.
– Même Jésus-Christ, il n'avait pas ton humilité.
– C'est vrai, il avait de l'humilité, mais pas autant que moi.
– T'es top.
– Yes ! Au fait, tu ne pourrais pas me faire un papier ? Je voudrais démolir un artiste.
– Avec plaisir.

Je réponds « oui » à la journaliste pour le rendez-vous, d'abord parce que c'est le mot que je préfère : « oui », ensuite parce que le mélange de stupeur et de curiosité me conduit à être d'accord avec des trucs que je ne comprends qu'à moitié.

Je rencontre Lecuivre chez Maître Dumaroc – un pote avocat dont le cabinet jouxte la place de Champeret. Lecuivre affiche une allure scolaire de bon élève du XIIe arrondissement de Paris, plutôt sympathique. Elle dégage la docilité des premiers de la classe : une droiture éthique et une adaptabilité sociale qui me ramènent immédiatement à l'aphorisme de Krishnamurti : « Ce n'est pas un signe de bonne santé mentale que d'être bien adapté à une société malade. »

À 34 ans et quelques mois, cette jeune femme brune mais agréable ne dégage ni générosité particulière ni animosité générale. Son taux vibratoire doit correspondre à celui d'une prof de tennis classée 4/6 dont la passion dominicale serait concentrée sur l'histoire de la Basse-Normandie entre 1870 et 1914.

Dumaroc l'invite à s'asseoir à la table de réunion que je préside à sa gauche. Elle me pose des questions extrêmement précises de type :

– Reconnaissez-vous avoir tenu des propos salaces à la comédienne… dans sa loge le 25 février à 20 h 45 ?

– C'est pour écrire un article ?
– Oui.
– Pour *Détective* ?
– Non, pour *L'Expert.*

Je suis scotché par la précision des accusations venant d'une personne qui ne relève pas de l'autorité judiciaire. Je décide immédiatement de m'en servir désormais comme technique de déstabilisation dans mes futures anicroches conjugales :

– Tu ne m'aurais pas insulté hier à 17 h 56 ?
– Ben non, j'étais à la piscine !
– Tu étais à la piscine à 17 h 56 ?
– Oui.
– Pourtant, il me semble bien que tu m'as insulté à 17 h 56. La preuve : Il était 17 h 56.

Je réponds à sa question naïvement, avec la maladresse qui constitue mon ADN et mon gagne-pain :

– C'est zarbi, votre truc !
– ???

– Parce que Fabienne, elle m'en demandait, des propos salaces, quand on faisait l'amour.

– Oui ? Et alors ?

– Ben, le pire que j'ai trouvé, c'était : « Ha, t'aime ça, cochonne !!! »

– ???

– C'est salace ?

– Un peu.

Malgré mon strabisme divergent et ma myopie avancée, je vais voir rapidement que mon destin est déjà scellé. Que je pourrais lui apporter la preuve par douze que c'est un tissu de mensonges, cela n'y changerait rien. Que l'opération est très probablement commanditée par Bittanicus qui a délicatement invité Lecuivre à pendre le délinquant sans passer par la case « justice ».

Cette Robespierrette *new age* va user du climat de terreur féministe pour servir son caïd. De mon côté, j'ai le réseau EDF, mais pas le réseau *show business*.

Sur conseil de Dumaroc, je lui donne une dizaine de numéros de téléphone d'actrices, metteuses en scène, bûcheronnes, bouchères avec qui j'ai travaillé depuis vingt-cinq ans, qui sont toutes tombées du pneu lorsque je leur ai demandé si ça les gonflerait de témoigner de ma rectitude.

Le lendemain, je reçois un coup de fil de Lina, l'une des dix collègues interviewées :

– Samy, l'article de Lecuivre, il est bouclé.
– C'est-à-dire ?
– Elle m'a interviewée ce matin parce qu'elle le rendait pour 13 heures.
– Et alors ?
– Ben, ça veut dire qu'elle m'interroge pour faire « équitable », mais l'article est déjà bouclé et à mon avis… à charge contre toi.

Contrairement à Lecuivre, Lina est une vraie pro, une intuitive… et une fille en or. Elle bosse depuis 15 ans dans la communication, donc tu ne peux pas lui faire *La Truite* de Schubert en *sol#* si elle est en *la* majeur. Mais Lina confirme ce que mon sixième sens a susurré dès la réception du premier e-mail.

Parution de l'article dans *L'Expert*

Lieu : Chez Samy

Quatre jours plus tard, le 9 octobre, un article surréaliste intitulé « Violences sexuelles au théâtre » paraît dans ce journal réputé sérieux, relayé par une vingtaine de journaux à chiottes, réputés comme tels.

Avec un sous-titre du genre : « Deux comédiennes isolées brisent le tabou en osant s'attaquer à un acteur protégé ». Titre déjà mensonger, puisqu'aucune protection n'a jamais volé à mon secours et que les fameuses « comédiennes isolées » s'avèrent être la femme du tourneur et la pote du champion du monde du show-biz et des médias. Contrairement à ce qu'annonce l'article, c'est le show-biz qui décide de démolir un artiste. *L'Expert* se charge de l'intendance.

D'après l'article, j'aurais harcelé sexuellement Marie Crotton en octobre. Or, cette dernière me conseille vivement son agent en décembre, c'est-à-dire deux mois plus tard. C'est suite à son conseil que je rentre dans son agence en décembre. C'est-à-dire qu'elle aurait conseillé son propre agent à son harceleur sexuel !?

Je lui ai explicitement demandé dans sa loge :

– Il est bien, ton agent ?
– Il est top.
– Valérie Courtqueue me propose de rentrer dans l'agence.
– Viens !

J'aurais dû rajouter à l'époque :

– Mais je te rappelle que je t'ai harcelée sexuellement il y a un mois !
– Ha, merde, j'avais oublié !
– Tout peut s'oublier qui s'enfuit déjà.

Je me souviens également avoir reçu un texto (que j'ai précieusement conservé) de Marie Crotton le soir de la première de mon *one man show* à l'Alcoolo-Théâtre le 8 novembre : « Merde ! » Mère Teresa envoie un gros « merde » à son harceleur pour sa première : c'est d'une abnégation sans faille. Elle a dû probablement méditer dans des grottes au Tibet pour en arriver là.

Je me souviens également d'une publication sympathique sur son compte Instagram dans laquelle nous sommes tous deux sur scène alors qu'elle avait le choix entre 50 autres photos. Sûrement un appel au secours subliminal à ses followers : « Au secours ! Je suis en train de me faire harceler !!! Regardez, j'ai la photo !!! »

Je me souviens également de sa présence à ma table d'anniversaire, fin novembre (là encore, j'ai les photos !!!). Probablement un geste de pardon inconditionnel exprimant la libération ultime et transcendante qu'octroie la rédemption définitive.

Je constate que Bittanicus est parvenu à retourner les pizzas (metteur en scène et producteur) comme des saucisses, puisqu'ils affirmeront dans l'article avoir initié mon extraction des loges communes ainsi qu'une protection dans les coulisses, alors que c'est moi qui ai exigé cette présence suite à l'e-mail mensonger des biscottes pleureuses. Je comprendrai plus tard les enjeux financiers probables (relatifs aux assurances) de ce retournement spectaculaire.

Par ailleurs, la journaliste oublie de spécifier un élément essentiel : l'une des deux plaignantes est la femme du tourneur. Cette information est loin d'être anodine ! Si un journaliste écrit : « Un comptable est accusé de harcèlement sexuel », le lecteur peut se dire : « Bon, un de plus ! »

Si ce journaliste restitue la vérité précisément : « Un comptable est accusé de harcèlement sexuel sur la femme de son directeur », le lecteur peut se dire : « Houaou ! Soit ce type a un boulon en moins, soit il y a un loup, une manip frauduleuse, un piège à con. »

Si, en plus, la journaliste rajoute que la femme harcelée envoie à son comptable des textos avec des petits smileys, des bisous et des mots doux, là on passe en *do#* majeur. C'est-à-dire qu'en clair, on est dans *Casse-noisette*.

Dans l'article, mes deux « victimes » spécifient qu'elles ne portent pas plainte parce qu'elles ont peur. Wouhacu ! Elles ont pour les soutenir un champion de vélo en cheville avec les médias, un mari producteur, la moitié du show-biz et elles ont peur d'un comédien qui n'a aucun réseau ! Ce dernier point se révélera être mon péché capital !

La journaliste se refuse également à évoquer une vidéo ô combien éclairante – postée par notre metteur en scène… donc publique – sur laquelle, au cours du *haka* d'avant spectacle, notre maillot jaune national invite les deux actrices, dans un « Touchez-moi la bite » empli de joie et de gaîté, à commettre un geste familier qui en dit long sur leur romantisme, leur élégance et l'apport indéniable du cyclisme au renouveau du théâtre parisien… et la façon dont Corner respecte les femmes. À sa décharge, une journaliste-enquêtrice-détective ne peut encombrer son ouvrage d'une multitude de détails sans risquer d'emmêler son lecteur entre le « Touchez-moi la bite » et le « 20 h 45 » :

– Le lecteur : Il est fameux, cet article !
– Sa femme : Oui, mais compliqué ! Je ne comprends pas : elles lui ont touché la bite à 20 h 45 ?
– Le lecteur : Mais non ! 20 h 45, c'est l'heure où l'ordure a tenu des propos salaces !
– Sa femme : Au maillot jaune ?
– Le lecteur : Mais non ! Aux actrices !
– Sa femme : Ben c'est bien ce que je dis : il est compliqué, cet article !

Certains collègues de la série arrivent en planche à voile

Lieu : Chez Samy

La presse à tentacules relaie l'information. Je suis le harceleur sexuel le plus célèbre de la France-pipole. Dans cette bourrasque collective, les collègues avec qui j'ai tourné pendant cinq ans arrivent en planche à voile pour prendre le sens du vent.

Une actrice de la troupe prend le parti de cet ouragan dans *Télé Einstein :* « J'avais déjà pris mes distances avec lui. »

Mazette ! Diantre ! Que nenni ! Gronounou ! On a bossé pendant cinq ans ensemble, on s'est revu après les tournages, on a sué dans les couloirs en plein été à tourner des sketches en anorak ! On partageait la même table, la même loge de maquillage, les millions d'intersketches, les moments creux, les joies, les fous rires, et c'est le moment que tu choisis pour dire à la presse pipole : « J'avais pris mes distances avec lui » ?

But heu... Do you know Jean Moulin? En plus... gratuitement !!! Elle dit ça gratuitement dans les journaux de coiffeur ! Moi, je ne dis pas de mal de mes potes pour moins de 50 000 euros. On rentre d'emblée dans le règne animal, où le requin se rue sur l'antilope agonisante, l'odeur du sang stimulant l'exaltation collective. De façon quasiment instinctive, les griffes du requin se plantent dans la chair à vif de l'animal à terre qui commence même à croire en une légitimité possible de cette mise à mort. À ce stade, l'antilope est prête à avouer toutes ses fautes pourvu qu'on lui laisse la vie, l'espace, la possibilité de se relever pour s'évader dans la lumière.

Les louves sauvages qui prendront mon parti subiront le même sort que moi. Ainsi, l'actrice Yasmina Kamal – suite à une sortie remarquée dans *Paris-Brousse* – se fera lyncher sur les réseaux sociaux par les lions de clavier pour avoir osé supputer : « Je ne crois pas que ce soit le style de l'antilope de harceler les hyènes.

C'est simplement une maladroite en sabots. »

Cette affirmation lui vaudra un acharnement destructeur de la meute de réseaux qui, courageusement derrière son écran, se livrera à une pluie d'insultes pour avoir défendu une salope d'antilope à moitié morte.

Le collègue qui a partagé ma loge pendant cinq ans se fera rosser en radio pour avoir commencé un début de phrase supposant que fondamentalement, l'antilope était plutôt respectueuse de la savane. Entendant ces mots, la journaliste aux griffes noires se révélera impitoyable :

– Vous le défendez ? Vous défendez cette erreur ? Parce que cet homme est une erreur qu'on ne peut rectifier qu'à l'aiguille à tricoter avant le 9e mois. Et vous, vous le défendez ! Ne refoutez plus jamais les pieds dans cette radio, ou je porte plainte pour harcèlement médiatique !

Une bénédiction divine viendra abreuver la soif de sang des indignés vertueux : un témoigne authentique, imparable, émanant du plus profond de l'aventure télévisée qui me valut la gloire.

Durant le tournage de la série, nous avons vécu toutes les affres de l'humanité : un comédien explose un décor, un autre couche avec une régisseuse que nous ne reverrons plus, un troisième pète un câble dans une poubelle. Toutes les crises humaines, le pire et le meilleur de ce que nous pouvons vivre lorsque nous sommes confinés dans une cocotte-minute pendant cinq ans. Une paire d'acteurs – au lieu de défendre ma rectitude – vient corroborer le meurtre médiatique dont je suis victime par une maladresse de ma part : un jour où, habillé en John Wayne, j'ai – comme le gamin que je suis – joué à John Wayne dans les couloirs du tournage avec une habilleuse qui n'était pas ce jour-là dans cette enfance-là – sans qu'il y ait de ma part ni geste tendancieux ni propos déplacés à son égard. C'était ma façon de lui dire :

– *I am John Waaaaayne!*

– ?????

– *With your suit: I am the cow-boooooooooy of the niiiiiiiiight!*

– Au secours !!!

Je précise que nous étions entre deux prises, dans l'hystérie de la comédie, qu'il y avait cinquante témoins sur le plateau. Certains acteurs ont entériné la mise à mort, restant ainsi dans le *move* réseau-médias et jouant à merveille la partoche que Corner avait écrite :

– Corner : C'est en *ré* majeur.

– Les acteurs : OK, on y va.

– Corner : Y a deux dièses à la clef.

– Les acteurs : Si tu veux qu'on rajoute trois bémols, on les met.

– Corner : Non non. Deux dièses, ça suffit.

– Les acteurs : Si tu veux qu'on joue en clef d'*ut* troisième, heu…

– Corner : Non non, en clef de *sol*, c'est bon.

Deux collègues m'affubleront du qualificatif de « relou » dans la presse, après avoir joué la *Potée de Corner* en *ré* majeur. C'est très symptomatique de l'époque : on donne la parole à des croûtes qui ont l'air d'avoir un truc à dire :

– Vous avez un truc à dire ?
– Ouais.
– En tout cas, vous en avez l'air !
– L'air de quoi ?
– Ben, d'avoir un truc à dire !
– Ouais.
– Alors ? Qu'avez-vous à dire ?
– Ouais.

Je reçois une invitation pour T'es Pas Mon Pote

Lieu : Chez Samy

À ce moment précis, je suis décapsulé comme une bouteille d'Orangina. Même dans mes rêves les plus sombres, mon inconscient n'a jamais osé aller jusque-là. Pourtant, il ose tout. Je finis machinalement mon café. J'ouvre machinalement mes e-mails. J'en reçois un très surprenant. Puis j'appelle machinalement Dumaroc :

– Je viens de recevoir une invitation à *T'es Pas Mon Pote* sur CBUZZ pour ce soir.
– C'est un piège.
– Non, c'est pour me défendre. Ils vont parler de l'article.
– Ils veulent juste faire le buzz.
– Avec moi ???
– N'y va pas.
– OK, j'y vais !

Il faut que je leur dise que c'est une erreur ! Ils se sont trompés de mec ! Ils ont pris une antilope pour un requin marteau. J'en profiterai pour me faire couper les cheveux et pour prendre quelques Bounty dans les loges.

J'appelle la sympathique assistante de *T'es Pas Mon Pote* :

– C'est OK pour ce soir, je viens faire le buzz.
– Super ! Vous voulez un taxi ?
– Pour mon anniversaire ?
– Non, pour venir vous chercher.
– Ha ! Oui, c'est gentil.
– C'est quoi votre adresse ?
– L'émission se fait chez moi ?
– Non, c'est pour venir vous chercher.
– Ha, d'accord.
– Alors c'est quoi votre adresse ?
– Ben, ça dépend à quelle heure.
– À 20 heures.
– 7, rue des Castors, à 20 heures.
– Dans quelle ville ?

– Ha oui ! 20 heures, c'est pas la ville ! À Vincennes.

– Impeccable ! 7, rue des Castors, Vincennes. À 20 heures.

– À quelle heure ?

– À 20 heures.

– OK. J'amène une bouteille ?

– Non, ça va, on en a.

– Non, mais je veux dire, une bouteille pleine.

– Non non, ça va. À ce soir.

– Oui.

T'es Pas Mon Pote

Lieu : Plateau d'enregistrement de T'es Pas Mon Pote

Personnages :
Big Mac : l'animateur de T'es Pas Mon Pote
Aline Sunday : la chroniqueuse avec qui Samy a tourné dans Port Foyard
Les autres chroniqueurs : Triple Bacon, Big Fish, Milk Shake, Chicken Nuggets

En arrivant dans les couloirs de l'émission, un non-événement – qui deviendra plus tard un indice – se produit juste avant mon entrée en plateau.

Je croise Aline Sunday, avec qui j'ai tourné pour l'émission *Port Foyard*. Nous avons affronté joyeusement mygales convaincues, tourteaux vivaces, serpents insensés et elle ne me salue pas. Comme si on ne s'était jamais vus !

Elle aura la même attitude durant l'émission. À aucun moment, elle ne prendra la parole pour dire :

– On a battu ensemble

Des serpents insensés
Le gars m'avait l'air
Plutôt coincé

Ou bien :

– Même devant les
Tourteaux vivaces
Il n'a pas tenu
D'propos salaces

Sur-le-champ, son silence ne m'interpelle pas parce que les cheveux sur la soupe ne sont pas interpellés sur le champ, mais sur la soupe… quand elle est froide.

Big Mac – l'animateur-procureur principal – présente l'article de *L'Expert* comme un passage de l'Évangile selon saint Jean, arborant ma débauche comme une proposition inébranlable. Il ne tient pas de marteau dans sa main droite et ne me demande pas de jurer de dire la vérité, mais il arbore la posture du juge inflexible : droit dans ses bottes et dans son slip. La vertu : c'est lui ; le pervers : c'est moi.

L'ambiance n'est pas des plus cordiales. Nous baignons dans la vibration lourde succédant aux *Ave Maria* de Schubert propres aux enterrements des présidents de clubs de pétanque. Big Mac affiche la gravité du prêtre ne connaissant rien au passé du défunt mais affirmant solennellement que sa vie a été exemplaire, sauf que pour moi, c'est le contraire : je suis la pire ordure contemporaine, les preuves de *L'Expert* sont accablantes : c'est à 20 h 45 que j'ai tenu des propos salaces. Preuve irréfutable, puisqu'il était 20 h 45.

Autour du prêtre, les chroniqueurs tiennent leur rôle d'enfant de chœur au travers d'une innocence juvénile affirmant bonne foi et impartialité face au plus gros dégueulasse de la terre : moi. Les arguments de *L'Expert* les ont convaincus, notamment l'heure : 20 h 45. Ils semblent estimer ce papier précis, méticuleux, imparable, voire historique, comme l'a été celui d'Émile Zola, « J'accuse », dans *L'Aurore*. La journaliste aurait été inspirée de l'intituler : « J'accuse II », à la manière d'une saga stallonienne dont le « J'accuse III » se déroulerait au Vietnam.

Le regard éclairé des chroniqueurs me ramène spontanément à celui des disciples de Ramana Maharshi atteignant l'éveil spirituel ultime au travers de l'investigation « Qui suis-je ? »... au-delà de la forme physique.

Un corbeau vient se poser sur la caméra n° 2, laissant entrevoir un final à la Hitchcock où les oiseaux viendraient interpréter le magnifique tube de José Luis Perales : *Cria cuervos y te sacarán los ojos* (Élève des corbeaux et ils t'arracheront les yeux). J'adore les chansons en espagnol.

Lorsque Big Mac m'apprend en plein direct que Didier Corner est son ami, je me dis que les éléments en présence promettent une soirée palpitante. Bien sûr, on ne sortira pas les cotillons, mais la garantie d'une effervescence collective est préinscrite dans l'énergie globale, comme un cancer du côlon s'inscrit d'abord dans le deuxième chakra avant d'atteindre l'organe dans la matière.

Un souvenir fantasmatique vient me soustraire à cette ambiance solennelle :

Alors que j'arrive en avance dans les loges du théâtre – petits box individuels –, je surprends une conversation privée derrière le rideau entre Didier Corner et son organe :

– Corner : Je t'aime.
– Sa bite : Mm ?
– Corner : Je t'aime tellement.
– Sa bite : Arrête, Didier !
– Corner : C'est comme si je découvrais l'amour.
– Sa bite : Tu me fais rougir !
– Corner : Tu me rends plus vrai, plus fort, plus moi.
– Sa bite : Toi aussi, tu me rends plus solide.
– Corner : Tu te souviens quand je t'ai pris dans ma main pour la première fois ?
– Sa bite : Ta main, oui ta main ! Qui va et qui vient !
– Corner : Jusqu'au ciel ! Jusqu'aux étoiles !

– Sa bite : Et encore plus loin !!!

– Corner : Juste toi et moi, que plus rien ne retient.

– Sa bite : Oui, j'ai pas pu me retenir ! Excuse-moi !

Ce jour-là, je compris qu'il était vain de chercher quelque fraternité potentielle dans la mesure où elle ne nourrissait pas directement ou indirectement sa passion pour son organe central.

Le grincement musical d'une guillotine bien huilée me ramène spontanément sur le plateau de *T'es Pas Mon Pote*. Autour de la table, les chroniqueurs érigés en tribunal populaire, d'anciens chanteurs au bord du cimetière, d'anciens animateurs en quête de lumière ou d'anciens journalistes en quête de salaire.

C'est à Isabelle, ma compagne, que je dois le point culminant de l'émission. Isabelle a passé les trois quarts de sa vie professionnelle dans des galeries de peinture, et le soir après son travail, elle s'assomme au Louvre en cours d'histoire de l'art. Elle est camée. La veille de l'émission, elle m'apprend :

- Tu sais qu'Hitler a échoué deux fois aux Beaux-Arts ?
- Moi, je ne le voyais pas artiste.

Nous avons évoqué ensemble la haine illimitée que pouvait nourrir un artiste raté, la violence folle que pouvait engendrer sa frustration.

Lorsque j'émets le nom d'Hitler sur le plateau de *T'es Pas Mon Pote*, un rugissement d'indignation vertueuse et outrée gronde du jury populaire, invitant en moi un sentiment de vulgarité. En effet, si le show-biz avait payé le prix fort à l'occupation nazie, au nom de trente artistes fusillés parmi les résistants, j'aurais compris cette révulsion légitime au nom des frères héroïquement tombés par abnégation ou par idéalisme. Mais en réalité, ça a plutôt été l'inverse : de nombreux sociétaires de notre glorieux métier ont été inquiétés pour leur complicité passive ou parfois très active en faveur de l'occupant. Disons-le, la résistance s'est clairement organisée dans le show-biz à partir de 1945. L'aphorisme de Desproges me semble parfaitement résumer la vertueuse indignation française d'après-guerre : « Mais quel courage ! Quel courage d'oser critiquer Pinochet à moins de 8 000 kilomètres du Chili ! »

L'indignation vertueuse française antiraciste, antisexiste, anti-homophobe, anti-islamophobe qu'il est de bon ton de brandir pour se faire héros du XXIe siècle devrait bientôt être classée dans le patrimoine national au même titre que le camembert et la choucroute garnie.

Après cette vague d'indignation résistante, le roi Big Mac confirme les propos de Lecuivre dans *L'Expert* :

– Big Mac : Mais pourquoi cet article raconterait-il des conneries ?
– Moi : C'est Didier Corner !
– Big Mac : De qu'est-ce que heu… hein ?
– Moi : Il est pote avec la journaliste qui a écrit le papier.
– Triple Bacon : Attention ! C'est un journal sérieux !

– Big Mac : Mais ces deux victimes ? VOS victimes !!!
– Moi : Ben, c'est les copines à Corner !
– Big Fish : Ouais, ouais, c'est ça, ouais !
– Milk Shake : Ouais, ouais, c'est ça, ouais !
– Triple Bacon : Ouais, ouais, c'est ça, ouais !
– Chicken Nuggets : Ouais, ouais, c'est ça, ouais !
– Big Mac : Vous êtes un délinquant sexuel !
– Moi : Mais… depuis quand ?
– Triple Bacon : Ouais, ouais, c'est ça !
– Les corbeaux : Croa croa croa.

Je sors du plateau certain d'avoir été piteux, performance cohérente avec mon personnage scénique. Foudroyé que les juges aient été du côté du mensonge, de la calomnie, de Corner, de 20 h 45. J'ai passé vingt-cinq ans de ma vie à écumer les cafés-théâtres, les théâtres de France, les pôles d'écriture, à chanter Brassens, à aimer Brel, à vénérer Prévert, à écrire mes sketches, mes pièces, je n'ai jamais porté de geste disgracieux sur la femme qui souvent m'impressionnait, voire me paralysait, quand son regard dans le mien se posait. Pour me faire rosser par des suffisants sans fond et sans lumière qui n'ont jamais dormi dehors, qui n'ont jamais connu l'hiver.

Pardon pour cette diatribe lacrymale invoquant l'immaturité pitoyable du bébé antilope présupposant qu'il aurait pu en être autrement. Bouddha en fit d'ailleurs la cause primale de la souffrance humaine : désirer que les choses soient autrement que ce qu'elles sont. Lao Tseu, Sri Nisargadatta, Papaji, Mooji, Eckhart Tolle… ont tout pompé sur lui.

Le seul réconfort de cette soirée-Waterloo me vient de l'attachée de presse de la pièce, restée dans l'ombre une alliée secrète, au travers d'un petit texto amical : « Tu as eu raison de te défendre. »

Un second réconfort me vient d'une amie empathique qui m'appelle le lendemain : « Tu as été mauvais, mais c'est bon signe : les pervers savent très bien se défendre. »

Je vis l'après *T'es Pas Mon Pote* comme un coup de gong entre deux rounds. Un moment de paix après la guerre, durant lequel – même après une méditation – le corps se souvient des traces de coups. Je n'ai pas bien défendu ma peau, car je n'avais pas à la défendre. Je n'avais rien à faire là. L'avocat Dumaroc avait raison : j'aurais dû me faire une soirée crevettes.

Visage masqué

Lieu : Chez Samy

Deux jours plus tard, l'exécution capitale m'est annoncée par Lila, la directrice de l'Alcoolo-Théâtre où j'ai joué mon *one man show* l'année précédente. Elle m'appelle, paniquée :

– Samy ! Samy ! Y a une femme que tu as violée qui va témoigner sur CBUZZ.

– Que j'ai violée à quelle heure ?

– Ben, je ne sais pas. Vers 20 h 45.

– Ha ! Tu veux dire que je VAIS violer ?

– Non. À 20 h 45, elle va raconter.

– Je peux pas, j'ai yoga.

– Ben, annule ! C'est Big Mac qui l'a annoncé. À visage masqué.

– Pourquoi il l'a annoncé à visage masqué ?

– Non ! La violée !

– Je l'ai violée à visage masqué ?

– Non, elle ! Elle va témoigner à visage masqué !

– Ha, merde ! On va pas voir qui c'est, alors ?
– Ben, non ! Mais tu vas peut-être la reconnaître à la voix.
– Ha bon ? Elle va crier ?

Je tire à pile ou face. Pile : je vais au yoga. Face : je regarde la femme que j'ai violée.

Merde, c'est face ! J'allume le Mac. Sur le plateau, les chroniqueurs crédibilisent la mise en scène avec sérieux, densité, aplomb, intérêt. J'insiste sur leur implication. C'est le genre de truc dont il faut se souvenir. Big Mac est grave, très grave.

Avant la diffusion des images, il précise à mon propos : « Il n'a pas de réseau. » C'est-à-dire en clair que si je suis pote avec les frères Bogdanov, je suis sauvé. Sinon c'est mort. C'est juste une question de réseau. Si tu as du réseau, tu peux être le pire des salopards, avoir cinq plaintes en justice, avoir violé des gamines de 13 ans, tu es protégé, c'est mieux que le réseau EDF !

Ce qui est dingue, c'est qu'il le dise clairement devant ses chroniqueurs !

– Big Mac : Cet homme souffre d'un léger handicap : il n'a pas de réseau. On peut l'assassiner.
– Les chroniqueurs : Bravoooooo !!!

Ça m'a rappelé un souvenir d'enfance. Dans la cour de récréation – à Gargenville en 1970 –, la bande à Thibaut envahit la Bretagne : territoire de la bande à Baron. Mohammed G. et moi nous faisons péter la gueule. Lui parce qu'il est arabe (c'est le seul en Bretagne), moi parce que je suis le fils du maire (je suis le seul en ville).

En vérité, on se fait péter la gueule parce qu'on n'est ni dans une bande ni dans l'autre. On est libres.

Big Mac réaffirme cette loi sociale avec une élégance que Lafontaine a failli égaler au XVIIIe siècle.

Big Mac maîtrise ses silences. Il est profondément affecté par ce qu'il va proposer à une heure où les enfants sont devant la télé.

D'après ce qu'il raconte, il aurait reçu un coup de fil dans l'après-midi, du genre :

– Voilà, j'ai été violée il y a quatre ans par Brad Pitt.
– Ha bon ?
– Non, pardon, par Samy, je les confonds.
– C'est intéressant ! Tu veux le raconter à *T'es Pas Mon Pote* ?
– C'est payé ?
– Ben oui ! Y aura un petit défraiement.
– En liquide ?
– Non, en nature.

Sans vouloir plomber l'ambiance, une chaîne nationale s'apprête à instrumentaliser le viol en direct à la télévision, exprimant l'irrespect absolu et le manque d'empathie pour toutes les victimes réelles sous couvert d'une vertueuse indignation. Nous sombrons dans les égouts… pardon… dans le dégoût légitime de la médiatisation poubelle sans qu'aucun canard du même nom ne s'indigne de cette utilisation, eux qui ont allègrement copié-collé le papier de *L'Expert*. Étonnant, non ?

La femme que j'aurais violée s'appelle Déborah. Ça se serait passé il y a quatre ans et demi. À ses larmes et ses tremblements, on constate qu'elle est toujours sous le choc. Moi aussi. J'aurais dû aller au yoga. Je me suis servi un thé vert à l'abricot mais je reconnais que ça dénature le goût du thé. Au fond, je préfère le thé nature.

– La victime (en larmes) : Je lui ai dit : « Non ! Arrête, Samy ! Ne fais pas ça ! »

Je vais chercher du sirop d'Agave pour mon thé à l'abricot. Une énergéticienne m'a indiqué que pour le foie, les reins, c'est beaucoup mieux que le sucre. Je reviens dans le salon.

– La victime (en larmes) : Non ! Non ! Non ! Je lui ai répété trois fois. Mais lui, il a continué.

Je vais chercher une biscotte parce que j'avais prévu de dîner après le yoga. Je commence à avoir un peu la dalle. Je reviens dans le salon.

– La victime (en larmes) : Et là... et là... et là... Malgré ce que je disais, il m'a écarté les bras et il m'a dit : « T'as pas un peu grossi ? »

Je retourne chercher du miel pour ma biscotte. Un miel de Bretagne. J'ai été foudroyé d'apprendre une semaine auparavant qu'on fait du miel en Bretagne ! Je reviens dans le salon.

Les chroniqueurs sont foudroyés, eux aussi ! Pas par le miel de Bretagne, par le témoignage de la fille ! Ils débattent avec un sérieux qui les implique dans ce qui s'apparente à un crime mafieux ! Je suis inquiet pour eux. Il est possible qu'ils aient tous à répondre à un moment ou à un autre de la caution qu'ils ont apportée à cette séquence un tantinet criminelle.

Je suis d'autant plus surpris de cette mascarade que mon *one man show* « Embrassez-moi » a été le tout premier à être diffusé sur CBUSS – à l'époque où elle s'appelait encore DBUSS – par la grâce du directeur du Théâtre Nord-Sud Jean-Truc Veener (également journaliste au *Chicagoscope*) à qui le patron de la chaîne avait confié la présentation d'une émission théâtrale. Veener avait choisi pour sa programmation Shakespeare, Molière et moi. J'ai eu du mal à comprendre comment l'amour a pu se transformer en haine au point d'instrumentaliser… Ooooooom.

Retour à l'instant présent.

Je reçois des menaces de mort

Lieu : Chez Samy

Suite à ce scénario apocalyptique – que Tarantino n'a pas encore osé parce qu'il frôle l'invraisemblable –, des menaces de mort implosent dans mes réseaux sociaux. Une pluie d'insultes inonde mon compte Instagram : « T'es même pas une ordure, t'es juste une m... Je vais trouver où t'habites et je vais venir te planter connard. KEVIN Z. »

Je vais chercher une deuxième biscotte parce que le miel breton est d'une douceur ronde et subtile. Je vais m'enquérir de la provenance du pot pour savoir si c'est de l'acacia. Je reviens sur Insta : « J'ai déjà vu des lâches, mais là c'est la totale. S'en prendre à une femme ! Il ne te reste plus longtemps à vivre mon enc… Je te jure, tu peux commencer à compter. FRANCK. »

Noooon ! Y a des abeilles à Ouessant ? En même temps, je trouve dommage de me couper l'appétit avec des biscottes parce que je me suis acheté un saumon fumé d'Écosse mariné à l'aneth. Donc je m'interdis formellement une troisième biscotte. Si j'en reprends une, je me fous par la fenêtre. Je continue ma lecture : « Tu vas mourir trou du c... Juste parce que tu ne mérites pas de vivre. ZORRO. »

Je vais chercher une troisième biscotte. Mais celle-là sera vraiment la dernière.

Le lendemain, j'aurai une dizaine de coups de fil de la production de *T'es Pas Mon Pote* :

– On vous propose un droit de réponse.
– Ha, merde !
– Vous venez ?
– Pourquoi ?
– Pour le témoignage d'hier.

Ça m'ennuie de répondre affirmativement à une organisation mafieuse. En vérité, j'ai de la peine. Parce que les deux assistants qui passent les coups de fil sont des petits jeunes inoffensifs, sains et sympas qui doivent rêver de travailler un jour pour la télévision et qui se retrouvent complices d'une mise en scène mortifère dans un contexte nauséabond :

- L'assistant : Quand je serai grand, je voudrais faire de la télé comme Barbapapa.
- Son père : Dans ce cas, il faut que tu travailles bien à l'école.
- L'assistant : Il travaillait bien à l'école, Barbapapa ?

La production tient absolument à mon droit de réponse. Devant mon refus, et semblant prendre conscience de l'ignominie que Big Mac vient d'accomplir, le producteur m'envoie un e-mail du genre : « Nous prenons acte de votre refus d'utiliser le droit de réponse que nous vous proposons. Daniel. »

Il pense ainsi se protéger juridiquement de ce qui s'apparente à un assassinat professionnel. À suivre ! J'ai envie de demander au fameux Daniel :

- Jusqu'où vous êtes prêt à aller pour faire de l'audience ?
- Gzzzzz…
- Tuer des mômes ?

– Ben…
– En direct ?
– Ben…
– Si le public accroche, vous le faites ?

Cet épisode me donne une indication relative du niveau de conscience, de crédulité et de bêtise qu'ils attribuent aux spectateurs de *T'es Pas Mon Pote* ainsi que de la soumission servile des chroniqueurs. Mais aussi de l'absence totale de respect de Big Mac et de Corner pour les femmes. Cette instrumentalisation du viol à des fins de destruction exhale une absence de compassion à l'égard de celles qui l'ont réellement subi, à l'égard de celles qui ne s'en sont jamais relevées, à l'égard de celles qui ont préféré se tuer que de vivre avec .

Pourtant, je ne suis qu'à moitié étonné. Le cheveu sur la soupe endormi près du radiateur dispose d'un sixième sens qui lui permet de scanner les individus à haut potentiel de destruction.

Lorsque l'inhumanité surgit en la matière, sa disposition naturelle rend l'étonnement relatif. Avec toutefois un zest d'effarement sur la capacité des cuistres à séduire les foules. Sur la disposition des Monsieur Propre du PAF à endormir la conscience des masses.

En rentrant, je tombe sur un mini-recueil de discours politiques volé à mes beaux-parents. Je lis celui de Robert Badinter sur l'abolition de la peine de mort :

« La vraie signification de la peine de mort, c'est bien qu'elle procède de l'idée que l'État a le droit de disposer du citoyen jusqu'à lui retirer la vie. »

C'est plus ou moins ce qui est en train de se produire. Une bande de gars bien placés peut trucider un homme en diffusant des images l'accusant d'un crime.

Aujourd'hui, un présentateur dont l'audience est fondée sur une mécanique de buzz et de voyeurisme a ce pouvoir-là.

Une voiture tente de m'écraser

Lieu : La rue

Ce soir-là, au passage piéton de la rue de Courcelles et de l'avenue de Wagram, une Peugeot 208 bleu métallisé, dont le phare gauche ne fonctionne pas, fonce droit sur moi sans que je sois capable d'affirmer aujourd'hui s'il s'agissait d'une furtive inattention due au téléphone portable ou d'une tentative de meurtre.

Au regard de l'opération orchestrée par CBUZZ, des réseaux mafieux du cycliste-acteur-investisseur et des messages que j'ai reçus sur mes réseaux, je me dis que la deuxième hypothèse est plausible.

J'évite la voiture de deux centimètres, d'un déhanchement que le toréador El Cordobez a dû travailler dix mille fois. Moi, j'ai pas eu besoin de le travailler. C'était ça ou j'étais mort.

Le soir, je n'en parlerai pas à ma compagne. C'est assez chargé comme ça à la maison.

En rentrant, je retombe sur le *TV-7-Nains*, où est titré en page 12 : « Violences sexuelles au théâtre ».

Ma gueule apparaît comme celle d'un délinquant, d'un violeur, d'un tueur. Ils ont choisi la photo de tournage d'une série de France K où je pose en ciré jaune, genre marin qui n'a pas vu une femme depuis six mois, prêt à violer la première innocente passant à sa portée. Je pense au métier de journaliste. Je pense à l'éditorialiste qui a écrit ça. Ou plutôt qui a fait un copier-coller de l'article de *L'Expert* sans remettre en question une seconde sa crédibilité, sans qu'aucune vérification ne lui semble nécessaire : « Violences sexuelles au théâtre ».

Je pense à l'absence totale de discernement qu'il faut avoir pour reproduire un truc pareil. Je réécoute les messages de mes amis, intuitifs, clairvoyants, sur mon répondeur. Mes maîtres, mes retraites, mes méditations ont attiré dans ma vie une énergie légère, tendre, si lointaine de l'ultraviolence des vertueuses indignations mastocs qui gravitent dans ce feuilleton porté par les cireurs de pompes se soumettant à un système nauséabond. Aujourd'hui, on instrumentalise le viol, demain quoi d'autre ? Je jette le journal à sa place : dans les cabinets.

En même temps, je ne peux pas en vouloir aux journalistes et autres animateurs en mal de buzz puisque j'ai été moi-même dupe, durant plusieurs mois, des charmes, de l'élégance, de la rectitude du roi du guidon, avant de découvrir son aptitude à retourner les dindes et d'avoir connaissance de sa disposition à démolir les artistes, puisqu'il est en procédure judiciaire dans tous ses projets artistiques parisiens, après l'avoir été dans le monde du vélo, et de la palanquée d'articles où il salit joyeusement l'ex-capitaine qui lui a permis d'être champion du monde par équipe sur piste au vélodrome de France.

Un détail aurait pu cependant me mettre la puce à l'oreille dès le début de l'aventure, lorsque l'association Ciel d'Enfance m'a invité à participer à une course cycliste caritative en compagnie de l'équipe championne du monde sur piste. Lorsque, dans l'euphorie de cette perspective, j'ai proposé joyeusement aux champions de venir avec Didier Corner (avec qui je démarrais la pièce), ils m'ont répondu en chœur : « On aime autant pas. » Me ramenant au message primal de l'Alchimiste : « Sois attentif aux signes. »

J'ouvre un livre d'Eckhart Tolle au hasard : « Seule une situation critique peut dissoudre la carapace de l'ego. » C'est bon ! J'y suis ! Je m'endors sur-le-champ.

Tentative d'empoisonnement

Lieu : Une boîte à la mode, le White'n Rock

Personnage :
Isabelle : la compagne de Samy

Refusant de mariner dans la vase nauséeuse du ressentiment, ma compagne et moi acceptons une invitation pour une soirée promettant un « Voyage au bout de l'ennui » : le lancement du magazine *Freedom She* au White'n Rock Coffee. Un nième magazine d'art-mode avec des femmes sauvages précisément maquillées, au jeans troué par des enfants payés pour faire des accrocs dans des pantalons neufs en Inde. Les mannequins squelettiques ne sourient pas et semblent irrémédiablement détachées, comme si elles n'étaient pas au courant qu'un photographe est en train de les shooter :

– Attention ! Le p'tit oiseau va sortir !
– De quoi ?
– Le p'tit oiseau va sortir.
– Ta gueule.

Ça se passe au sous-sol d'un restau chic-toc à deux pas d'Odéon. Nico, le taulier, est une connaissance d'une connaissance. À 38 ans, il arbore déjà l'épaisseur débonnaire d'un diamantaire en préretraite. Nous avons tourné de petits films publicitaires ensemble. Nous ne sommes pas amis ni copains. Nous nous croisons simplement. Par contre, Nico gravite dans le petit univers du show-biz ; le genre de type dont on dit en couloir à voix basse : « Il connaît tout le monde. »

On nous arrache nos manteaux. On nous jette en « carré VIP » qui n'a de VIP que le carré.

Un jeune serveur mégacool – au jeans râpé par des enfants en Inde – nous apporte un plateau de petits fours élégants à base de truffe, de foie gras et de pâte feuilletée dans une fourchette qualitative se situant entre Hédiard et Fauchon.

– Isabelle : Merci.

– Moi : Merci.

– Le garçon : Gzzzzz.

Je propose à ma compagne de cracher ce qu'elle a en bouche dans le mouchoir en papier que je lui tends discrètement et de ne pas boire son verre parce qu'on vient de nous servir du champagne dont l'odeur me semble suspecte.

On est censé boire un Mum 2016 et il a un goût de chlore. Je n'ai jamais bu de champagne ayant un goût de chlore, même en période d'épidémie. J'ai mangé des crevettes, des oranges, j'ai bu de l'eau ayant un goût de chlore, mais jamais de champagne. Je fais remarquer à Isabelle :

– On a servi nos verres en cuisine.
– Et alors ?

Sans rentrer dans la paranoïa, je peux passer d'un état totalement naïf acceptant l'idée d'éléphants roses jouant au ping-pong sur la lune à un état chirurgicalement Sherlock Holmes. Tout sentir et tout voir à 360 degrés, sans avoir besoin de me retourner pour savoir si Rambo s'apprête à me planter entre les omoplates.

Je ne peux rien certifier ni jurer, mais je sais que ce champagne, c'était mieux de l'éviter.

Nous sommes heureux d'être invités, car les invitations se font rares, mais nous prétextons un alibi foireux relatif aux antibiotiques du chat pour disparaître en début de soirée, sans avoir bu ni mangé.

Les e-mails de désistement

Lieu : Chez Samy

Après une nuit sans soleil – ni sommeil –, je découvre sur mon Mac un e-mail du réalisateur Franck Math : « Bonjour Samy, juste pour te dire qu'on va prendre un autre acteur. Tu te doutes pourquoi. La production ne veut pas prendre de risque sur un sujet comme l'inceste. Même si tu serais hyper crédible (presque trop). Je le regrette vraiment sincèrement. Bien à toi. Franck. »

Je me demande si je dois répondre : « Ha merde ! Je suis dépité ! » Ce qui est vrai.

Ou bien : « OK. De toute façon, le scénar est moyennement bien écrit. » Ce qui est vrai aussi. Entre les deux, je vais me faire un thé sans abricot. Au retour, je trouve un second e-mail qui m'affecte davantage. Monique Combier – présidente de l'association Ciel d'enfance en faveur d'enfants malades : « Samy, tu as été un super parrain. Les enfants t'adorent. Nous avons décidé de procéder à une rotation des parrains pour redynamiser les donateurs (et puis bon, tu sais aussi pourquoi !). Tu resteras dans le cœur des enfants, des bénévoles. Quant à nous deux, on se fait une bouffe après les vacances. Gros bisous. Monique. »

L'après-midi, je reçois un coup de fil de Maria qui confirme le caractère crapuleux de ce qu'on peut appeler une entreprise de destruction.

Maria Dessange est une comédienne avec qui j'ai vécu un début de relation au cours de la pièce *Nestor*, dont la tête d'affiche n'était autre que Rigolote Ire. Maria m'en a toujours voulu que cette histoire ne soit qu'un début. Je lui avais présenté ma mère qui était venue voir la pièce, nous avons partagé un délire enfantin qui aurait pu se transformer en relation amoureuse, mais mes sentiments n'étaient pas assez forts pour que je m'engage et j'ai stoppé le flirt à ma manière, c'est-à-dire de façon maladroite et radicale.

Dans leur prospection de fond de poubelle, l'équipe coq-pizza-biscottes

« a fait parler » Maria dans l'optique de transformer l'idylle en sévices. Maria a stoppé net le contact lorsqu'on a commencé à lui proposer de l'argent pour commuer notre histoire en harcèlement sexuel et en parler en public. Ça a été la goutte d'eau qui a provoqué son retrait et son coup de fil.

Je reçois plusieurs appels d'ex-collègues ou ex-compagnes avec qui j'ai gardé des rapports amicaux qui me préviennent qu'elles ont été contactées à des fins de témoignage calomnieux dans le cadre d'une approche parfaitement huilée.

Cette stratégie m'est confirmée par un ex-agent, approché lui aussi : l'équipe se livre à une manipulation d'envergure et de nouveaux témoignages – masqués ou pas – pourraient prochainement venir confirmer le numéro stupéfiant organisé par le roi Big Mac sur CBUZZ.

Je passe une journée miroir du temps qu'il fait dehors : maussade et inutile.

Un cauchemar

Lieu : Chez Samy

Vers 22 h 30, je descends acheter une boîte de biscottes semi-complètes chez Momo. Il fait nuit noire. L'éclairage public est en panne depuis samedi. En entrant chez moi, au coin de la rue Véron et de l'avenue du Président Wilson, j'entends : « C'est lui ! »

Deux joueurs de base-ball habillés en tenue militaire foncent sur moi munis de battes métalliques. Le plus gros des deux lance :

– On va voir si tu vas me violer, moi !

Je mets les biscottes sur mon cœur – façon « ballon de rugby » – et je cours à toute berzingue sur l'avenue du Président Wilson, je coupe à gauche rue Danton, retrouvant l'éclairage public devant la charcuterie. À hauteur du n° 15, quatre scooter TMAX Yamaha rouges foncent sur moi alors que la rue est interdite dans leur sens. Sur les scooters, des cuirs noirs avec des chaînes de vélo hurlent à la mort :

– C'est l'heure de passer à la caisse, enfoiré !!!

J'enfile la ruelle des Noisetiers, toujours à perdre haleine. Je protège mes biscottes semi-complètes sous mon K-way bleu pétrole. Je me jette dans l'avenue de Leningrad. À gauche, deux 4x4 font crisser leurs freins, huit types cagoulés sortent de la voiture avec des vibromasseurs dans les mains et gueulent :

– À ton tour, trou du c... !

Je m'apprête à m'envoyer à droite, alors que je n'ai déjà plus de jambes (avant j'en avais deux), mais douze skinheads, arborant des tatouages féministes sur le crâne, déboulent armés de crans d'arrêt et de lance-roquettes. L'un d'eux a un bandeau noir sur l'œil gauche, ce qui le rend plus impressionnant que les autres :

– Now, it is your fucking death!

Je me blottis contre la porte verte d'un garage où est écrit : « Chien méchant » au-dessus d'une tête de chien effrayant. Mon cœur explose contre les biscottes probablement brisées par ses palpitations endiablées. Les 45 types armés (ils ont eu du renfort) me bloquent contre la pancarte. Le skin au lance-roquettes me demande :

– Tu caches quoi sous ton K-way, enfoiré ?
– Des biscottes.
– ???

Un des cuirs noirs m'arrache le paquet. Je le mets en garde :

– Ce sont des semi-complètes.
– Sans sel ?
– ???

J'ai l'impression que ma vie dépend de ma réponse. Alors que je reconnais le ronronnement d'un vibromasseur, une lame de cran d'arrêt vient s'imposer sous mon oreille droite. Je panique :

– HAAAAAAAAA !

Je me réveille ! Je regarde l'heure. 3 h05 du matin. Je suis pétrifié par l'irréalité du scénario que je suis en train de vivre : Bittanicus, Big Mac, visage masqué, me sortant de la douce adulescence où je ronronnais ma vie.

L'enterrement de Freddy Bonato

Lieu : Cimetière de Gargenville

Personnages :
La mère de Freddy Bonato
La famille de Freddy Bonato

J'ai appris la nouvelle jeudi soir sur Facebook. J'ai hésité longtemps avant de venir à cet enterrement. Pourtant, Freddy Bonato était à la fois mon ami d'enfance et mon voisin. Être copain avec son voisin crée un lien familial définitif et imprescriptible. Quoi qu'il advienne. « C'est le temps que tu as passé pour ta rose qui fait que ta rose est si importante. » Saint-Ex. C'est aussi con que ça, l'amitié. À côté, il y a le fantasme, le souvenir, le chat, les coups de fil, les WhatsApp… Mais le temps passé ensemble à ne rien dire submerge toute autre forme d'affinité :

– …

– …

– Mm ?

– Non, rien.

J'ai hésité parce que je me sens sali et je ne veux pas salir le départ de mon meilleur ami. Sa mère semble heureuse de me voir mais je ne peux pas déchiffrer précisément son regard. Je sais qu'elle sait pour moi, et ça m'ôte peut-être le droit d'être là. Pourtant, au poids d'amour que j'ai pour son fils, j'ai le droit.

Je traîne une balafre sur ma vie : l'odeur nauséabonde de la calomnie. Je n'ai pas osé proposer Schubert pour l'église. Dans la famille, je suis commis d'office pour jouer l'*Ave Maria* à la clarinette aux mariages et aux enterrements. Mais maintenant, je ne me sens plus ce droit. Comme si tout ce qui touche à la pureté m'était désormais interdit :

– Tu veux que je joue l'*Ave Maria* ?
– J'aime autant pas : tu vas harceler la franciscaine.

Mon cœur est un vaste océan où d'immenses vagues de joie succèdent aux vagues de peine : Freddy ne mourra plus jamais, il sera toujours mon ami.

Le médecin diagnostique un cancer

Lieu : Cabinet du Docteur NGuyen

Personnages :
Une patiente
Docteur NGuyen : le médecin de Samy

À 16 heures, je retourne chez le médecin avec les résultats des examens qu'il m'a prescrits mardi matin.

Lundi soir, j'ai eu des vomissements de bile et des douleurs aiguës sous le poumon gauche. Je vois aux résultats que je ne suis pas dans les fourchettes, mais ça m'est arrivé plusieurs fois, notamment avec le cholestérol (trop fort) et la vitamine D (trop faible). Je sais aussi que ce sont des fourchettes relatives : en France, on a du cholestérol au-dessus de 2. En Allemagne, c'est au-dessus de 3. En Belgique, c'est au-dessus des frites. Cette blague est nullissime, mais elle me fait du bien.

En salle d'attente, une dame d'un certain âge, d'épaisseur joviale, imper Colombo, l'air malade, ce qui est cohérent dans un cabinet médical, feuillette *TV-7-Nains*, me regarde, regarde le journal, me regarde. Dans sa tête, j'entends :

– Tiens ! Il ressemble au pervers !

Elle tourne aussitôt la page, gênée, l'air de dire : « Non non, ne vous inquiétez pas ! Je ne lis pas l'article sur vous ! Ne me violez pas ! »

La secrétaire annonce mon nom, je me lève. En fermant la porte, j'aperçois la dame vérifiant dans le journal si c'est bien ce nom-là.

Le médecin lit les résultats, me regarde, il lit les résultats, me regarde, l'air aussi confus que la dame en salle d'attente. Je m'inquiète intérieurement :

– J'ai pas un cholestérol de pervers ?

Il répond favorablement à mon inquiétude :

– Vous…

– Oui ?

– Il faut faire d'autres examens.

– Mais… J'ai faux ?

Il m'annonce un cancer foudroyant du pancréas. Il n'a pas dit « foudroyant ». Mais mon sixième sens a rajouté les mots qu'il n'a pas voulu dire. Je suis atteint d'un cancer du pancréas.

Je fais immédiatement mon propre diagnostic holistique : pancréas – chakra du plexus solaire – jaune – qui régit également le foie – causes du blocage : la colère, la détresse, la rage, le sucre. C'est pas le sucre, je sucre tout au xylitol, au sirop d'Agave ou au miel de Bretagne depuis que j'ai appris qu'il y avait des abeilles noires à Ouessant.

Sur le chemin de la maison, ma préoccupation n'est pas mon pancréas, c'est Isabelle.

Je ne veux pas lui faire de peine. Je me fous de la maladie, de la mort, je l'attends en souriant, comme un amoureux sa promise, elle m'attend elle aussi, elle attend tout le monde. Mais faire de la peine, c'est ma mort la plus certaine.

Ce soir-là, je ne dis rien à Isabelle. Je me l'accorde comme un cadeau.

– Samy, ton cadeau ce soir : tu ne dis rien à Isabelle.

Encore une soirée simple. Pas heureuse parce que nous nous remettons à peine de la foudre et des tempêtes. Mais simplement douce. Une soirée où je ne viole personne. Une soirée sans mise à mort. Une soirée sans coup de téléphone. Une soirée de tendresse et d'amour. Juste à nous.

Soirée avec Isabelle

Lieu : Chez Samy

Personnage :
Isabelle : la compagne de Samy

J'achète à Isabelle un bouquet de fleurs à 17 euros. Prix exorbitant pour des fleurs destinées à une mort certaine. Mais là, je suis déterminé à mettre le paquet. Je me le confirme à moi-même :

– Là, mon Samy, tu vas mettre le paquet !

Je n'ai jamais mis 17 euros dans un bouquet de fleurs. À Malaga, pour 17 euros, on vous sert huit tapas différentes, deux paellas, un grand pichet de Sangria, deux Mélocotons-chantilly, deux cafés, deux digestifs et après on vous rend des pièces qui vous permettront d'acheter un Coca et un Fanta orange une fois sur la plage. En lui offrant les fleurs, j'improvise un récitatif :

– Ta beauté sans limites
Sans fin sans fond

Imite
Le vrai le beau le bon
Qu'il y a en toi
Et par cette lumière
Et par cette prière
Tu fais de moi
Un lion, un roi.

Isabelle salue mon effort. Elle sait que j'ai tout donné :

– Elles iront bien dans le vase bleu du salon !
– Houaaaa ! C'est une super idée.

Second coup de maître : afin de nous sortir de la vase insalubre que la vie nous impose, je lui propose un électrochoc :

– Si on allait à la pizzeria ?

En vérité, lorsqu'on vit embourbé dans une guerre immonde, rien n'est insignifiant. Une évasion aussi anodine qu'une pizzeria devient une bouffée d'oxygène, une possibilité de renouveau, un voyage dans les étoiles. Elle hésite, mais accepte le risque :

– D'accord !

Sachant que la pizzeria est à dix mètres de la maison, elle me demande :

– On y va en scooter ?

Je réfléchis un bon quart d'heure, je pèse le pour et le contre, puis je tranche dans le vif avec une forme d'autorité qui me ramène pas très loin de la virilité :

– Non, allons-y à pied !

Elle commande des linguines aux palourdes, je commande une calzone. Je repense aux deux pizzas qui se sont fait retourner comme des crêpes par le cycliste-acteur-investisseur, aux biscottes menteuses, au cheese-cake faux-cul, et je me ravise :

– Non, excusez-moi, vous n'avez pas des sushis ?
– Non, monsieur, c'est une pizzeria.
– Ha, merde !
– Qu'est-ce que heu... ?
– Non, mais j'ai eu un problème avec deux pizzas, et j'ai peur que « la madeleine de Proust », devienne « la calzone de Proust ». Tant pis, je vais

prendre des *calamari fritti*. C'est ce que je prenais en Espagne quand j'étais petit et au niveau mnémotechnique, j'aime autant aller en Espagne parce qu'on vient justement ici pour oublier ces pizzas de m…

Tout en parlant, je pressens que la serveuse est à Châteauroux. Je le constate à son regard alternativement absent. Je m'enquiers :

– C'est bien, Châteauroux ?
– Heu… Je ne sais pas, pourquoi ?
– Parce que quand le chauve nous racontait sa vie sexuelle à Los Angeles, moi j'étais à Châteauroux, et je l'ai payé tellement cher.

Après une seconde de *no man's land*, elle nous demande :

– La serveuse : Vous buvez quelque chose ?
– Moi : Une bouteille de San Pellegrino. On va rester sobres.
– Isabelle : Un verre de chianti.

– Moi : Ben alors moi aussi, un verre de chianti.

– La serveuse : Deux verres de chianti.

– Moi : Ben dans ce cas, autant prendre une bouteille.

– La serveuse : Une grande ou une petite ?

– Moi : Une petite. On va rester sobres.

– La serveuse : Une petite et une San Pellegrino.

– Moi : Ben non. Pas besoin de la San Pé.

– La serveuse : Donc une petite de chianti.

– Moi : Ben non. Autant prendre une grande, puisqu'on ne prend pas la San Pé.

La pizzeria Don Giovanni est le dernier refuge où nous pouvons encore nous rendre en nous sentant protégés.

Les insultes au G20

Lieu : Supermarché G20

Personnages :
Isabelle : la compagne de Samy
Un couple de clients

Le lendemain, au G20, alors que nous descendons du scooter pour acheter de la litière pour chat, un couple de quinquas style *versaillais en goguette* rentre en même temps que nous, l'œil noir, voire clandestin. Ils nous regardent, se parlent à l'oreille. Trente secondes plus tard, nous nous retrouvons derrière eux à la caisse. Un corbeau vint se poser élégamment sur le tapis roulant. Le type, sans nous regarder, entrant sa carte bleue dans la targette :

– C'est top ! Y en a qui aiment les détraqués sexuels !

À fleur de peau, je m'approche de lui pour l'exploser. Isabelle me retient par la manche de ma saharienne et me fait signe de ne pas bouger. Je ne bouge pas. Je bous.

Jusqu'à présent, les gens étaient heureux de nous voir, de nous croiser. Ils sortaient une blague :

– Ha, le radin de la série ! Madame, il est aussi comme ça dans la vie ? Ha ha ha !

Souvent, ils demandaient un selfie. C'était un bonheur partagé, une forme d'offrande, de grâce, d'amour instantané.

Nous nous retrouvons obligés de vivre cachés, comme sous l'occupation. D'ailleurs, nous sommes sous l'occupation. La même terreur, la même fausseté, le même mensonge. Ce monde doit changer. Ce monde va changer ! C'est viral ! Vital, pardon.

Nous essayons de ne pas trop sortir le jour, d'éviter les lieux publics. Nous masquons nos visages avec nos capuches, nos foulards, face à des gens qui un mois plus tôt s'illuminaient et nous illuminaient en retour. Notre amour était fait pour ça : pour irradier, offrir de la joie, de l'amour.

Je décide de mettre fin à mes jours

Lieu : Chez Samy

Personnage :
Isabelle : la compagne de Samy

Je décide de mettre fin à mes jours le surlendemain suite au dialogue intime que m'impose un choix cornélien :

Soit je fais part de ma maladie à Isabelle, et je lui fais de la peine.

Soit je mets fin à mes jours et je lui fais de la peine aussi.

L'avantage du suicide, c'est que je lui évite la peine de la maladie ET des insultes.

Le résultat est le même, mais je ne lui fais de la peine qu'une seule fois, puisqu'en me suicidant, je suicide également la maladie, ce qui lui épargne une peine.

C'est mon unique objectif.

Dans la pratique tibétaine du Tonglen, nous nous éloignons du meilleur et nous acceptons le pire, afin de court-circuiter la mécanique habituelle de l'ego s'accrochant au meilleur pour éviter le pire :

– Mon meilleur : Je te désigne vainqueur.
– Mon pire : Ha bon ??? Mais qu'est-ce que je fais ?
– Mon meilleur : Ben, tu te démerdes !

Ils ont gagné. Ils m'ont arraché mon amour pour moi-même. Ce métier est trop violent, trop vide, trop vain, ce n'est pas ma place. On travaille en réseau. On glorifie les populaciers. On protège les cuistres. Et on massacre les innocents pouvant vous faire de l'ombre par leur présence, leur talent, leur silence. Je pars. J'ai ce qu'il faut dans l'armoire :

– Papa ?
– Oui ?
– J'arrive !
– Déjà ?
– T'as les boules de pétanque ?

Mon père est parti il y a seize ans. On écumait les concours de Carcassonne à Gruissan. On jouait contre *la loi* : contre le garde champêtre, contre des tueurs, contre des gitans, contre *Ferrer plein fer*, contre Benito : meilleur tireur de Lézignan. J'avais 14 ans.

Il y avait un troupeau autour parce que c'était la demi-finale. Le cochonnet était parti péter à vingt mètres. Je ne voyais pas la boule : il faisait nuit et il y avait un pneu devant. Si je la frappais, les gars d'en face allaient me tuer. C'était la bande à Benito. On était à côté du Moulin : le stade de jeu à XIII. Ici, le sang était plus chaud qu'ailleurs. Encore aujourd'hui, je le ressens, ce sang. Et je tremble d'amour d'avoir vécu des moments pareils avec mon père.

J'allais aussi retrouver Monsieur Flanquart : mon vieux prof de clarinette. Un mètre 80, cent kilos. Champion de lutte gréco-romaine. Première clarinette à l'Orchestre de l'Armée de l'air. Quand je faisais un canard, il hurlait :

– Moule !

Devant une telle rage, je devenais une moule au curry de chez Léon. Je m'enfermais dans ma coquille. C'était encore plus grave qu'être harceleur d'une femme que tu n'as pas harcelée, plus grave que mourir, plus grave que tout.

Je suis tombé amoureux de lui un soir après le cours. On était juste tous les deux, ce soir-là. Il me racontait que son prof (de clarinette : un gars du Nord) s'était fait embarquer à Auschwitz en 1942 :

– Ils l'ont cramé comme une pintade.

Il pleurait comme un gamin ! Ce type énorme et animal, qui terrorisait ses élèves en levant un sourcil, chialait devant moi comme un gosse. Ses larmes étaient comme un cadeau qu'il n'offrait à personne d'autre. Il était ch'ti et il en était fier.

Et puis mes grands-parents, et Fred mon frère de cœur, et puis Laurent Violet, et puis Jacques Dau, et puis Eliane Gallet, et puis Artus de Penguern, et puis tous les copains que l'ultraviolence du métier a dégoupillés avant la cinquantaine.

Dans l'armoire à pharmacie, il y a deux tubes de Voltaren, un tube de lithium.

Je les aligne sur la table du salon. Je pose un grand verre d'eau à côté. Dehors, il fait beau. D'une beauté intense et transparente. C'est idiot, mais la dernière chose à laquelle je pense avant le premier tube, c'est mon chat. Comme si mon dernier souffle devait être porté par sa loyauté, la simplicité, sa fidélité, sa présence. Chaque seconde a une vibration particulière : la douleur, puis la nostalgie, puis la paix, puis l'amour, puis la peur…

Lorsque je m'apprête à mettre le premier tube dans ma bouche, la porte d'entrée s'ouvre franchement.

– Coucou !

Isabelle aperçoit les tubes de Voltaren et comprend tout de suite. Silence de trois secondes qui semble durer une vie.

Elle me regarde, regarde les tubes, me regarde, interloquée comme la dame dans la salle d'attente, comme le médecin devant mes résultats. J'ai l'impression d'avoir passé ma vie à interloquer les gens. Elle s'approche de moi – froide et déterminée – et elle m'envoie une terrible droite dans la figure. Heureusement qu'elle n'a pas de force, sinon elle m'aurait défoncé le plancher orbital.

Nouveau moment de silence qui dure une vie, ça fait deux vies en une minute.

Je réponds spontanément par une onomatopée fréquente dans ce type de situation :

– Aïe !

Ce coup a le mérite de détourner mon attention de l'envie de mourir vers mon arcade sourcilière qui devient douloureuse en dépit de la faiblesse de sa frappe. En passant devant le miroir, je m'apercevrai plus tard qu'elle est légèrement enflée, me donnant un côté *bad boy* qui s'accommoderait parfaitement avec mon cuir noir à franges. Je me dis même qu'elle devrait me frapper plus souvent.

Je n'ai pas beaucoup parlé d'Isabelle par pudeur. Contrairement à la plupart de mes amis, elle n'a pas de pratiques spirituelles, mais son intuition et son sixième sens sont largement à la hauteur de n'importe quel pratiquant. Elle sait, elle sent, elle devine sans qu'on lui dise. Elle a une forme d'humilité introvertie qui ressemble à de la classe. Elle sait quand avancer un pion, quand bouger une tour, quand protéger un roi. Elle m'a sauvé la vie. Elle est pure, simple et têtue : une vraie Bretonne. Elle a la crêpe dure. Au rugby, je l'aurais fait jouer troisième ligne aile pour perforer le rideau adverse au raz du paquet et faire reculer l'ennemi par une défense agressive, mais elle est en même temps très douce.

Un auteur et une comédienne m'interpellent

Lieu : Chez Samy

Personnage :
Isabelle : la compagne de Samy

Son propos est d'autant plus poignant qu'elle l'énonce avec une immense quiétude :

– Tu vas laver ton honneur d'abord !
– Ça se lave ?
– Samy !!!
– Mais ça se lave à la main ?

Pour moi, l'honneur est une rengaine de coq ringard ayant permis de justifier les crimes collectifs organisés par des types qui n'étaient jamais en première ligne. « Mourir au champ d'honneur. » Alors que le vocabulaire adéquat est : « Mourir au champ d'horreur. »

Les gars qui ont exhorté leur peuple à se jeter contre un autre restaient pénards dans leur bureau, comptaient les morts et remettaient des médailles. Et les peuples marchaient dans la combine, sans remettre en cause le niveau de conscience des organisateurs.

Deux éléments clefs viennent court-circuiter mon envie de mourir :

Le premier est un coup de fil d'Aurèle Leblanc, cinq minutes après le coup de poing. Aurèle est un auteur adorable, doux comme une soirée andalouse, discret comme un crachin breton. Il m'appelle suite à mes démêlés avec Bittanicus :

– Je suis en procédure judiciaire avec lui.
– Avec Corner ?
– Oui. Je suis co-auteur de *Mon ex, ma tante et moi*.
– Non !
– Si !
– Non !
– Si !
– Non !
– Je viens de remporter le procès. Il fait appel.

– Non !
– Si !
– Non !
– Si !
– Non !
– Je te préviens, il a un pouvoir de nuisance féroce.

Je découvre un truc énorme : Corner se livre à un processus de destruction sur l'auteur discret et délicat qui lui a permis de jouer à Paris. C'est-à-dire qu'il se retrouve en procédure judiciaire dans les deux pièces qu'il a jouées dans la capitale. Puisque maintenant c'est certain : j'attaque !

Je découvre une seconde énormité : les petits salopards théâtreux (metteurs en scène, producteurs, acteurs) qui l'entourent sont tous au courant de ce manège et prennent le parti du cycliste pour son auréole, son réseau média et le fric qu'il investit dans leurs productions. Ces enfoirés cautionnent le processus de destruction du millionnaire sur un artisan-auteur sans qu'aucun média ne s'indigne de l'aptitude du grimpeur à détruire des artistes. J'attaque !

Je découvre une troisième énormité : lors de la lecture d'une pièce – près de la bibliothèque Mitterrand –, j'ai fait la connaissance d'une actrice installée : Cathie Kendo (*L'important c'est d'aimer*, *La Carapate*, etc.), qui – sans que je le lui demande – me raconte ses déboires avec Bittanicus. Cathie est une ex-très jolie femme qui est devenue une jolie septuagénaire discrète et pleine de charme. Le charme de la comédienne qui n'a plus rien à prouver. Elle voudrait simplement continuer à travailler.

Elle a créé la fameuse pièce *Mon ex, ma tante et moi* pendant deux ans en province. Puis elle a présenté à Bittanicus la directrice de la Comédie Opéra. Une fois installé à la Comédie, le grimpeur l'a dégagée de façon répugnante pour mettre à la place Louise Virole, qui l'appelait « patron » et lui était soumise dans un ordre plus asservissant que l'esclavage – confirmant mon ressenti primal. Soit tu acceptes sa protection, soit tu dégages.

C'est la résonnance intime du respect de Corner pour les femmes.

Tous ces éléments viennent à moi sans que j'aie besoin de faire des fouilles archéologiques dans son passé. Maintenant, j'ai la force de me battre. De prendre le meilleur avocat et de me jurer qu'il ne recommencera son manège avec personne. Les coordonnées de cet avocat me sont transmises par la ponte de l'ultraféminisme parisien – ex-victime – qui me côtoie depuis vingt-cinq ans –, dépitée par la profanation de la parole des femmes dans cet attentat médiatique.

Maman à l'hôpital

Lieu : Hôpital Mignot – Le Chesnay

Personnage :
La mère de Samy

Une autre composante me pousse au combat : une image que je ne parviens pas à m'arracher de la tête.

Le lendemain de la parution de *L'Expert*, ma sœur à l'hôpital, balançant sur les genoux de ma mère alitée la pile de revues titrant que son fils est un prédateur sexuel. Ma petite maman, au bout de sa vie. Au bout de son amour.

– Enfin, j'ai pas pu lire : j'avais pas mes lunettes.
– Tant mieux, maman.

Ce jour-là, ma sœur m'appelle en larmes. Je sais avant qu'elle me dise. Je la laisse parler parce qu'il y a toujours un espoir d'autre chose : son état a juste empiré mais elle peut s'en sortir, elle est tombée à nouveau mais… enfin, je ne sais pas, n'importe quoi.

Je fonce à l'hôpital. Les portes des autres chambres sont ouvertes. Il y a une paix étrange et longue, mon cœur se remplit d'amour pour tous ces gens que je ne connais pas. Ce sont tous mes parents, ils ont fait l'amour avant moi, ils ont ri, ils ont aimé, ils ont joué leur vie et je sais – comme le public sait – que la pièce va bientôt s'arrêter. Je rentre dans la chambre 215. Elle a un visage d'enfant. Sur son lit, il y a les journaux. « Harcèlement sexuel au théâtre ». Sur l'article, c'est la photo de son fils. Elle ne mérite pas ça, ma maman. Parce qu'elle était institutrice, elle faisait l'école aux enfants. Je suis détruit et heureux parce qu'elle respire. Je dis : « Maman ». Et je suis tellement heureux de pouvoir encore le dire. Elle s'est simplement fracturé le bassin… maman.

C'est aussi pour ce mot-là, pour ce moment-là que je vais me battre. Je voudrais combattre sans désir de vengeance, sans rancœur et sans amertume. Simplement pour devenir la dernière victime vivante de cet entremêlement de pouvoir, d'auréole et d'ego.

Des témoignages troublants émergent

Lieu : Chez Samy

En retrouvant l'envie de me battre, et le goût de la vie, et la rage, et la soif, et la faim, des témoignages me parviennent sur Facebook en MP, comme s'ils saluaient mon retour :

« Samy, je ne te connais pas personnellement, mais j'ai beaucoup écrit pour ton double dans *NCV*. Ce que tu vis est immonde. Courage à toi. Carole. »

« Samy, tu as tout mon soutien, et mon témoignage si tu le souhaites. Je t'embrasse. Mona. »

« Courage Samy. Merci pour tous les rires. Je suis avec toi. Sincèrement. De tout mon cœur. Karine. »

Je reçois un dernier message complètement décalé :

« Monsieur,

J'ai personnellement eu affaire avec le cycliste. Je peux vous donner un renseignement intime et cocasse le concernant : il se lave.

C'est le genre de détail qui peut faire basculer un procès, en donnant aux juges des éléments qui rendent la personnalité incohérente.

C'est un élément qui peut l'achever (le cycliste hein, pas le juge !).

Ce sont les détails qui font gagner.

Bravo pour votre parcours.

Sabine. »

Je vais me servir un thé, une biscotte et lui réponds illico dans la même veine… sentant que nous tenons là de quoi dynamiter la Banque de France :

« Sabine,

Est-ce que vous êtes sûre de ce que vous avancez ?

Est-ce que vous avez des images ?

C'est un argument fatal, mais je sais qu'à un moment ou à un autre, j'aurai besoin de preuves, de concret, d'éléments, comme on dit chez les juristes.

Avez-vous les moyens de relever son compteur d'eau ?

Il prend du Tahiti douche ?

Vous avez les horaires ?

Voire un enregistrement audio que vous pourriez accomplir discrètement avec le bruit de l'eau qui tombe sur les bulles de savon ?

Sabine, ne répétez cette info à personne, même sous la torture.

On a la clef, on la garde.

Bises.

Samy. »

Ce genre de témoignage pleuvure, ou pleuvire, ou plure. Il faut absolument que j'apprenne le français avant d'écrire un bouquin. Témoignages de sympathie, voire d'amour, des marques de respect, de circonspection. Me vient alors une idée électrifiante : raconter cette histoire folle que la vie m'impose, au travers de témoignages magnifiques, comme celui-ci, me permettant d'exposer la dramaturgie théâtrale d'un gars victime de la connerie humaine sous ses nouveaux vêtements d'intégrité et de vertu. Ou comment des malotrus peuvent utiliser un climat pour assassiner un artiste talentueux, éclatant, foudroyant, enfin bref… moi.

Je décide d'écrire cette histoire

Lieu : Chez Samy

Clémence D'Hôtel, amie et journaliste féministe, instruisant le droit des femmes au Moyen-Orient, me transmet les coordonnées de Frédéric Préface, directeur des célèbres éditions Préface, que je contacte *illico* :

– Bonjour, c'est Clémence D'Hôtel qui m'a transmis votre numéro perso.
– Ha bon ?
– Je suis harceleur sexuel. Je voudrais publier un livre.
– Ha bon ?
– Oui. Et en plus, je suis célèbre.
– Ha bon ?

Au bout d'un quart d'heure, il arrête de dire « Ha bon ? » Me donne son adresse e-mail. Je lui demande :

– Vous voulez qu'on se fixe un rendez-vous ?

– Écoutez, je suis actuellement en Chine, et…

– Haaaaaaa ! La Chine ! J'adore !

– Ha bon ?

– C'est vers l'Argentine, non ?

– Oui, donc je préfère vous rappeler quand je rentre à… Haaaaaaaaa…

Paf ! Plus rien !

– Allo ?

– …

– Allo Pékin ?

– …

J'apprends plus tard que l'éditeur est mort sur le coup d'un virus qui voulait devenir célèbre. La montée en puissance des réseaux sociaux et de l'ego humain conditionne à l'extrême cette aspiration nouvelle : tout le monde veut devenir célèbre. Ce coup d'arrêt dans mon élan éveille mon sixième sens. Parce qu'aucun virus n'a le pouvoir d'arrêter un élan s'il est juste, s'il est vrai, s'il est aligné sur la volonté divine. Je ne crois pas à un seul millimètre de hasard. Je crois fondamentalement à une grande intelligence énergétique et consciente qui règle le cours des choses, qui rassemble, organise les fréquences subtiles pour les articuler dans la matière.

Ce n'était pas le bon éditeur, ce n'était pas le bon virus, ce n'était pas le bon manuscrit. Pourtant, je suis certain qu'il faut écrire quelque chose. Pas pour moi, mais pour Aurèle, pour Cathie, pour les futures victimes des usurpateurs, pour les artisans auteurs broyés par des millionnaires médiatiques affichant une vertu usurpée. Mais aussi les victimes de tous ceux qui utilisent ce climat de terreur, cette indignation vertueuse, cette collaboration collectivo-névrotique.

Rencontre avec mon éditeur

Lieu : Chez Momo

Personnages :
Momo : l'épicier de Samy
Un client

La deuxième batterie de résultats médicaux n'est pas aussi alarmante que la première. Et puis j'ai une terrible envie de vivre. Mais il faut réagir ! Me préparer à la guerre ! Je descends donc chez Momo me réapprovisionner en biscottes.

- T'as pas plus de… snif… biscottes semi-complètes ?????
- Non, y a le monsieur qui vient de prendre le dernier paquet.

Meeeeeerde ! L'enfoiré qui est en train de payer embarque le dernier paquet de biscottes semi-complètes ! Donc je prends deux bananes, je me mets derrière lui à la caisse. Il met trois plombes pour sortir deux euros cinquante-cinq ! Il pose son énorme bouquin pour compter ses pièces : *La bouillabaisse du roi*. Sous le choc, je m'enquiers auprès de lui :

– Vous lisez ça ???

– Non, je le publie.

– Ha bon ?

– Je suis éditeur.

– Ha bon ?

– Ha, mais vous êtes le mec de la série !

– Ha bon ?

– Non ?

– Vous êtes éditeur de cuisine ?

– Non, je publie un peu tout.

– Ha bon ?

– Enfin, tout ce que j'aime.

Voilà ! Vous l'avez vu ? C'est lui ! C'est lui qui publiera mon best-seller. Cinq millions d'exemplaires ! Plus que Houellebecq et Nothomb réunis ! C'est ce type que j'ai croisé cent fois chez Momo et que je n'ai jamais regardé tellement il était gris comme un ciel de Paris. Il était là. Posé. Comme la boulangerie ou comme le sens interdit. Tellement évident que ne l'avais jamais vu !

D'ailleurs, le bouquin, c'est pareil. Il était déjà là sans que je m'en rende compte. La vie l'avait écrit. J'avais juste à noter. Quand je l'ai raconté à l'éditeur, il était fou furieux, il m'a même donné ses biscottes. Je lui raconte Big Mac, la langue dans la bouche, CBUZZ, la femme masquée, les trahisons, la crise de Virole, la fin de la pièce, qui pourrait devenir la fin du bouquin :

Après avoir roulé tout le monde, inventé des mensonges pour conforter son statut – avec la complicité de sa bonne –, Bernard (le *winner*-acteur-investisseur-cycliste) sort du plateau – heureux et satisfait de la tournure des choses –, flattant son ego et confirmant sa gloire. Me laissant à ma naïveté provinciale et à ma candeur enfantine.

Je reste seul sur la scène, avec le public. Assis sur le canapé comme un cheveu sur la soupe. Je réponds au téléphone :

– Robert (au téléphone) : Allo, bonjour monsieur ! Oui !... C'est moi, l'ami... Alors, où est-ce que je peux rencontrer cette hindoue ? Ah bon, vous avez aussi une Italienne… et une Russe…

Musique et le rideau tombe.

L'éditeur me regarde amoureusement, ahuri :

– Houaaaa !
– Ça tue, hein ?
– Houaaaa !
– Non mais remettez-vous ! Vous voulez une biscotte ?
– Houaaaa !
– Hou hou !
– Et vous commencez comment ?
– Ben, par le début !
– C'est quoi, le début ?
– Je vous le lis, je l'ai sur mon téléphone :

Je sais bien que je ne suis pas à ma place dans cette audition, mais j'avais déjà cette impression dans la cour de récréation. Je n'étais ni dans la bande à Thibaut, ni dans la bande à Baron. J'étais le cheveu sur la soupe. Qu'elle soit aux asperges, aux champignons, au potiron, si vous y voyez un cheveu, c'est moi.

POSTFACE

De Sophie Crêtet

Je me souviens de tout. Du moindre indice. Du moindre détail. Exactement. Parfaitement. De sa sueur aux effluves nauséabonds d'alcool, de la force dans ses mains qui, tout de suite, m'affole, de ses « mots doux » au travers desquels il m'explique que je vais sentir combien « il m'aime », du moindre grain de beauté de cet homme devenu animal qui m'a violée alors que je n'étais qu'une enfant. C'est une croix dans le cœur, la peau et le corps qu'aucun juge, aucun mot, aucun pardon, aucun bonheur n'a pu effacer.

J'ai eu beau travailler mille fois, faire mille prières, mille voyages, rien. Même mille mots d'amour n'ont pu apaiser ma colère, mon mépris et me faire sortir de mon identité de victime. Je reconnais avoir eu la chance d'être résiliente sans pour autant avoir eu l'idée de pardonner ou de me venger.

C'est là, définitif, quotidien, présent comme une main, comme une jambe, comme un couteau dans le ventre qu'on oublie par instant. Par instant seulement.

Il est important de se libérer enfin, profondément, définitivement et retrouver l'insouciance primordiale permettant d'aborder le jour, les hommes, les femmes, le soleil, la pluie, le travail, les autres dans un *a priori* transparent et léger. C'est peut-être le bijou le plus précieux qu'on m'a volé ce jour-là.

Au-delà de mon intimité, cet individu a étouffé mon innocence et, à travers elle, mon enfance et mon droit à des réactions futures dites « normales, politiquement correctes ».

Et puis, drame ultime, lorsqu'on révèle cet acte odieux, bien souvent, les questions qui s'ensuivent semblent laisser entendre que peut-être, s'il s'est comporté de la sorte, c'est que je suis coupable. Oui, coupable d'être « un fruit » si doux de peau, au regard soi-disant demandeur, qu'il ne pouvait pas faire autrement. Le fait d'être obligée d'expliquer est une chose, se justifier alors qu'on n'a rien demandé en est une autre. Et cela me donne, aujourd'hui encore, l'envie de vomir. Je voudrais donc saluer toutes les femmes de tous les âges qui ont écrit, les femmes qui ont parlé, les femmes qui ont risqué leur carrière, leur ménage, leur vie en brisant le mur du silence

Je ne suis la porte-parole de personne, seulement quelqu'un qui a utilisé l'écriture, encore et encore, y compris des années après pour que d'autres arrivent à parler aussi. Une, plus une, plus... ensemble, même virtuellement, si cela peut aider ne serait-ce qu'une victime, ce serait déjà une sorte de victoire.

Dans un même temps, j'aimerais remercier les femmes mais aussi les hommes qui ont œuvré pour la libération de notre parole. Pour que nous puissions nous sentir soutenues et assez fortes afin de dénoncer ces agressions sans prendre le risque d'un retour de bâton toujours possible. Il me semble que lorsqu'une femme ou un homme se libère, elle ou il permet à bien d'autres d'oser.

Je voudrais également exprimer ici mon indignation quant à l'utilisation de cette libération de notre voix, de nos âmes, de nos corps pour régler des comptes qui n'ont rien à voir avec elle. Je suis ici afin de m'élever contre la falsification qui pourrait conduire à la décrédibilisation de notre combat et demande aux femmes victimes de se rendre sans crainte devant les juges. Aujourd'hui, nous pouvons le faire, nous sommes protégées pour cela, épaulées pour cela.

Malheureusement, récemment, une série d'affaires sont sorties dans les médias alors que ce n'était pas leur place puisqu'elles auraient dû ne concerner que les juges. Pourtant, elles sont venues orner le pouvoir que nous nous sommes autorisées à utiliser aujourd'hui. C'est pourquoi, face à certains « témoignages », je me suis sentie comme salie. Je m'explique : quand on sait ce qu'est, dans sa réalité, un viol, on a du mal à croire les mots d'une personne évoquant des faits qui auraient eu lieu il y a des années, et s'exprimant là, devant les médias, filmée, encore tremblante comme si cet acte odieux avait eu lieu le matin même. Devant ce « cinéma », beaucoup sont, tout comme moi, dans l'incompréhension, ou tout au moins dans le doute.

Pour moi, être féministe, ce n'est pas être contre les hommes. C'est être pour notre respect, pour la transparence, pour la vérité, pour la justice immédiate envers ceux qui ont commis des crimes. Je le sais aujourd'hui. Ma force est dans ma douceur et dans ce tempérament. Ma détermination d'aller jusqu'au bout des procédures n'est pas un acharnement mais une façon d'être. Que ma douleur serve à d'autres femmes, d'autres libérations, d'autres autorisations intimes. Autorisations à se battre, à se défendre, à s'affirmer avec la froideur nécessaire à la victoire et à l'action en premier lieu auprès des autorités.

Mon action aujourd'hui consiste en la création de l'association Sous nos ailes, destinée à accueillir en urgence les femmes et les hommes victimes de violences conjugales, des êtres comme tombés du nid, dont les particularités physiques ou psychologiques interdiraient toute autre forme de refuge.

J'ai demandé à Thierry Samitier d'être le parrain de notre association, j'ai bien écrit « notre », car il s'investit comme il l'a toujours fait dans sa vie. Je me suis permis de lui proposer ce parrainage, d'abord parce que j'ai l'honneur de le connaître, de connaître sa douceur, sa rectitude, son respect, sa générosité, son discernement, sans oublier son amitié sans faille. Mais aussi parce qu'il est aujourd'hui une victime devenue une force. Victime de l'utilisation de notre parole par le show-biz, donnant trop souvent le sentiment de protéger des criminels ou maltraitant des innocents en fonction de leur réseaux relationnels.

Je me suis intéressée à son affaire, à son lynchage médiatique alors qu'aucune plainte n'avait été déposée devant les juges. Je me suis intéressée à ce qu'il y avait derrière. Tout comme moi, plusieurs personnes qui le connaissent ont été plus que surprises, intriguées par quelque chose d'impalpable qui sonnait faux.

C'est suite à ces investigations que m'est venue la certitude qu'il était déjà le parrain désigné de Sous nos ailes.

Être féministe aujourd'hui, pour moi, ce n'est pas défier les hommes, c'est s'inscrire en faux face à certains propos tenus sur les réseaux par des affabulateurs, certaines organisations, trafics, silences, compromis afin que je puisse émettre ma fréquence librement, sans peur, sans retenue, sans condition.

Sophie Crêtet
Association *Sous nos ailes*

éditions fdeville, Bruxelles.

fdeville.fr

Distribution : Pollen
Diffusion : CEDIF

Corrections : Catherine Meeùs *catherine@ramee.org*

Photographie : Florian Rostren (PhotoBreizh)

Achevé d'imprimer en mai 2021.
Première édition.

Dépôt légal : 10.541/2021/07
EAN : 978-2875-99043-3